平凡社新書
922

文学に描かれた「橋」

詩歌・小説・絵画を読む

磯辺 勝
ISOBE MASARU

HEIBONSHA

文学に描かれた「橋」●目次

イラスト　磯辺 勝

はじめに

橋というものに、なぜか惹かれる。川や堀を渡るための実用の具にすぎないのだが、私にとっての橋は、その次元を超えて、それぞれの表情をもち、なにかを語りかけてくる存在になっている。橋があると、まるで橋からの呼び声でも聞いたかのように、私は目を向け、伝わってくるものを受け取ろうとせずにはいられないのだ。街のなかや田舎道の、小さな橋にさしかかったときほど、そうである。

橋に関心があるといっても、橋の歴史に興味のある人、架橋技術に詳しい人、もっぱら橋の外観、デザインを観賞する人、また石橋、木橋など素材にこだわる人など、さまざまであろう。現代の長大橋にしか関心がない、という人もいるかもしれない。

私も、そうした橋に関する知識にまったく興味がないわけではない。だが、それを学ぼうという気にはなれなかった。

橋の知識が導き出す一般的な価値観は、橋の進歩ということに行き着く。私が橋に感じているものは、進歩とか進化とは関係がないのである。

橋があって、そこになにかじわりとにじんでいるもの、もしかすると、その橋を見たり渡ったりした人々の、心の堆積のようなものなのかもしれない。そういうものが私を引きつけるのだ。見かけのいかんにかかわらず、人の心のなかに入ってくる橋、といっていいかもしれない。

現代の橋梁工学が生んだ、とうてい人が歩いては渡れない長大な橋の前では、そんな私の心はかえってはねかえされてしまう。橋が人格をもち、表情をもつに至るのは、毎日毎日人が渡るからである。

橋にとってもう一つ大事なことは、その下を水が流れていることである。水の上にあってこその橋なのだ。橋を渡る心持は、水の上を過ぎてゆく心でもある。私は橋から受け取るものを、かつて癒しということばで呼んでみたこともあった。そのとき、癒しの感覚と深いつながりがあるものとして、橋の下を流れる水のことをしきりに思い浮かべていたような気がする。

周知のごとく、今日、大都市などでは、川や堀が埋め立てられ、かつては水の上に架かっていた橋が陸橋になってしまったものも少なくない。そういう橋は、水の思い出にふけりながら、どこか橋であり続けることに戸惑ってさえいるようである。

本を読んだり、絵を見ていても、やはり橋は気になる。

そこで、これまでに読んできた詩歌、小説、随筆、折にふれて見てきた絵画などから、橋の記憶を掘り起こし、モザイク状に組み合わせることで、そこに人の心のなかにある橋というものを浮かび上がらせることはできないか、ということを考えてみた。

文学や絵画で扱われる橋は、橋についての知識を伝えるためのものではない。橋にふれた人の心をとらえるために登場させるのだが、それ以前に、詩人や作家、あるいは画家たちは、間違いなく人の心に食い込んでくる橋というものの存在を直感しているのである。

いま、改めて橋に関連する文学や絵画をあつめてみると、自分のフィールドのなかだけでも、思っていたよりもずっと多いし、広がりをもっている。

読書のなかで橋に出合うのは愉しい。本書は、ときどきは橋の描かれた絵画の話題なども交えながら、橋にかかわる文芸作品の森を、橋好きの読者の方々とともに逍遥《しょうよう》することを夢みて、書き綴ったものである。

なお、本文中に登場する作家の名前には、一部の例外を除いて、敬称を略させていただいた。また、引用文中に旧字が用いられている場合、読みやすさを優先して新字に改めた。

一、幣舞橋を見た人々

「幣舞橋」　北海道釧路市

啄木のいた町——湯川秀樹　石川啄木　林芙美子　桑原武夫

日本人で初めてノーベル賞を受賞した湯川秀樹博士（一九〇七～八一）は、昭和十七年（一九四二）の夏、札幌の北海道大学で講義をしたあと、道東に足を伸ばしている。釧路にも立ち寄った。短歌をたしなんだ博士は、その折、短い歌紀行を残している。

札幌を離れると、車窓の景色はいよいよ異国的となってくる。内地には見なれぬ草や木が丈なして生い茂っている。随分遠くまで旅したという感じが深くなってきた。昭和十四年にヨーロッパへ行った時よりも、もっと遠い国へきたという錯覚さえ起った。

はるけくもわれはきにけり霧深き釧路《くしろ》の磯のはまなすの花

人間の背よりも高い大きな蕗《ふき》が到る処にある。

たけなせる蕗折りとりて苞《つと》にして家もる人にもてゆかんとす

白い花の咲く木の蔭を歩いてゆく。同行の小熊博士は植物の名を一々教えてくれる。さびたという木の由。この辺には大きなアブが沢山いる。向うから手に持つ小枝を左右に動かしながら来る人に出会う。

さびた咲く木の下道をゆきゆけばあぶはらひつつ向ひくる人

高見から遥かに見下す摩周湖は、神秘的な美しさをたたえて静まりかえっている。

なみよろふ山そばだちて人遠き摩周の湖《うみ》のさざれ波かな

釧路の町に戻ってきて「ぬさまい」という珍しい名の橋のそばで夕食を食べていると、川の上を鷗がしきりに飛ぶ。

ぬさまいの橋のほとりに夕げはむ窓近く飛ぶ都鳥かな

都鳥水面かすめて飛びかよふ夕日さやけきぬさまいの橋

ふたたび本州にもどってくる汽車の中でも、楽しい旅の出来事を色々と思いかえした。

湯川秀樹「北海道の夏」(『湯川秀樹著作集』7)

歌文一体で、淡々と述べられてゆく嘱目《しょくもく》と旅情はさわやかである。私はこの紀行文のなかで、札幌を離れて道東へ向かった博士が、「随分遠くまで旅したという感じが深くなってきた。昭和十四年にヨーロッパへ行った時よりも、もっと遠い国へきたという錯覚さえ起った」と書いているところに、目のさめるような共感を覚えた。

私のわずかなヨーロッパ旅行の経験でも、似たようなことを感じていたからである。ヨーロッパでよりも、むしろ北海道を歩き回っているときのほうが、異国的な刺激が強いような気がして、そのことを不思議に思っていたのであった。

湯川博士は幣舞《ぬさまい》橋という珍しい名前の橋に目をとめ、そこらを飛び回る鷗《かもめ》を、歌のなかで「都鳥」と詠んでいる。「随分遠くまで旅し」てきたと感じていた博士は、鷗を「都鳥」と詠むことで、京の都からはるばる隅田川までやってきた業平朝臣のように「限りなく遠くも来にけるかな」(『伊勢物語』)の思いを込めたのだ。

幣舞橋は、釧路港に注ぐ釧路川の河口に架かる橋で、明治二十二年(一八八九)に最初の橋が架けられ、当時は愛北橋と呼ばれていたという。私設の橋で渡し賃を取っていた。幣舞橋となったのは明治三十三年(一九〇〇)に国の費用で造られた橋からである。五本目に当たる現在の橋が完成したのは昭和五十一年(一九七六)。長さ約百二十四メートル。そのときに、「四季の像」なる四体のブロンズ立像が欄干に据えつけられている。

湯川博士の見た昭和十七年ころの幣舞橋は、昭和三年(一九二八)に架けられた橋であることはわかっているが、どのようなものであっただろうか。

数年前に、『海霧の町から』という本を図書館で見かけ、釧路に関係のあるものかと思ってめくってみると、はたして釧路出身の坂本二哉《つぐや》(一九二九〜)という人物の自伝であった。

坂本氏は医学博士で、日本心臓病学界の泰斗《たいと》である。彼は、幼少期を回想し、「小学校に入ると、通学がまず大変だった。小さい子供の身ではランドセルを背負って歩く三十分の道程は長かった。家を出て田舎町にしてはとても幅広い道に出ると、十三丁先の幣舞橋がとても遠くに見えた。そしてそれを渡ると出世坂という胸突き八丁のような坂道が行手を阻んだ」と、幣舞橋を渡って通学していたことを書いていた。さらに、次のようなことも書いている。

街の中心の幣舞橋のたもとにただ一軒の立派な中華料理屋（丸髙）があり、上の子供達も親同様に正装して、タクシーを呼び、時々食事に行ったが、母の躾が厳しくて楽しめなかった。でもこういう生活は釧路では特別であった。同級生の小学生が明け方近くから魚や納豆売で働いていた時代である。

坂本二哉『海霧の町から』

坂本氏は昭和十一年に小学校に入学しているから、その六年後に湯川博士が釧路を訪れたとき、まだ釧路で小学六年生くらいだったわけである。湯川博士らが夕食をとった幣舞橋のそばの店も、釧路のエリートであった坂本家が出かけた中華料理店だったかもしれない。坂本氏の父親は病院を経営していたが、当時、釧路で唯一の医学博士だったという。

記録としてなら、もっと古いものはいくらでもあるだろうが、文学作品の上で幣舞橋を書き残した人といえば、おそらく石川啄木（一八八六〜一九一二）が最初であった。

啄木は明治四十一年（一九〇八）一月、それまで勤めていた小樽の新聞社をやめ、釧路新聞に職を得ている。彼が北海道にいたのは、明治四十年の五月から明治四十一年の四月までの、わずか一年間であったが、その一年が実にあわただしいものであった。北海道から本州に引き揚げる三河丸の三等船室で、啄木自らこう述懐している。

終日船室に寝て現なく物思ふ。過ぎ去つた事、殊にも津軽の海を越えて以来、函館札幌小樽釧路と流れ歩いて暮した一ヶ年間の事が、マザマザと目に浮ぶ。自分一人を頼りの老いたる母の心、若い妻の心、しみじみと思〔ひ〕やつて遣瀬もなく悲しい。目を瞑ると京子の可愛らしい顔が目に浮ぶ。

飄泊の一年間、モ一度東京へ行つて、自分の文学的運命を極度まで試験せねばならぬといふのが其最後の結論であつた。我を忘れむと酒に赴いた釧路の七旬の浅間しさ！

石川啄木『日記』（明治四十一年四月廿五日）

啄木は、函館では勤めていた函館日日新聞社が大火にあって焼けてしまい、札幌に移って北門新報社で働いていたとき、小樽日報の創業に参加する。しかし、ここでは社内の内紛にからんで暴力をふるわれ退社し、友人の斡旋で釧路新聞に入社した。

職を求めてのめまぐるしい移動はいかにも辛いが、重なる不運と、所詮新聞記者で終わるつもりのない啄木の志望のしからしむるところであった。だが、一面からみると、当時の北海道は、啄木のような二十二、三歳の青年でも、役まわりにさえはまれば、新聞社でも大いに腕のふるえるような時代であったことがわかる。そういう活気のある土地に身をおいたからこそ、啄木の才能が花開いたことも事実だった。北海道での生活を抜きにしては、啄木の歌というものは考えられないのである。

釧路での二か月余りの啄木の生活は、本人が「我を忘れむと酒に赴いた釧路の七旬の浅間しさ！」といっていることで、おおよそ知れよう。

『日記』を読んでも、酒を悔いてはまた飲むという日々で、しまいには病と称してズルズルと新聞社を休むようになる。釧路のような寒冷の地が彼の体によいはずはなく、実際にここで病をも進行させてしまったに違いない。「小奴《こやつこ》といひし女の　やはらかき　耳朶《みみたぼ》などかも忘れがたかり」という歌に残した艶聞《えんぶん》も、そんな生活から生まれた。「石川啄木の性格と釧路、特に釧路新聞とは一致する事が出来ぬ。上に立つ者が下の者、年若い者を嫉むとは何事だ」などと、『日記』にも人間関係についての鬱憤《うつぷん》をもらしていた。だが、北海道で、啄木がもっとも鮮烈な印象を残した土地は、函館や小樽よりも、釧路であったともいえる。家族を離れて一人で暮らしただけに、厳しい孤独が、釧路の荒涼とした風土と響きあって、啄木の歌に鋭い寂寥《せきりよう》感を漂わせることになった。

いま、特別の意味はないが、啄木の釧路での代表的な短歌二首を、湯川博士とほぼ同世代の二人の人物の紀行文のなかで読んでみることにしよう。

　山形屋の払ひを済ませて道路へ出ると、宿の前がさいはての駅であつた。山形屋へ泊つたこともい丶ではありませんかと、いまは肥料倉庫のやうなさいはての旧駅を眼前にして、私は啄木の唄をまるで自らの唄のやうにくちずさんでゐた。「さいはての駅に降り立ち雪あかり、淋しき町に歩ゆみ入りにき」さいはての駅の前は道が泥々してゐて、雪の頃のすがれたやうな風景を眼の裏に思ひ出す事もできた。

林芙美子「摩周湖紀行」（『現代日本紀行文学全集』北日本編）

この宿でくれるマッチには「しらじらと氷かがやき千鳥なく釧路の海の冬の月かな」という啄木の歌が刷ってある。この歌は道具立てが多すぎて、センチメントの乏しい、啄木としてはできの悪い作品だが、これを刻んだ碑がある。雨の中を行ってみた。その高見から見下す雨のクシロ港には、カモメがとび、大きな材木のイカダをポンポン蒸気が引っぱっていたりして、眺めがよく、泥田のような道を歩いてきただけの値打はあった。

桑原武夫「北海道紀行」(『現代日本紀行文学全集』北日本編)

作家林芙美子(一九〇三〜五一)は、彼女のさすらいの生涯を思えばさぞやと思う感想を書いており、湯川博士と同じ京都大学出身のフランス文学者桑原武夫(一九〇四〜八八)もまた、いかにもこの人らしいもののいいようをしている。

林の文章は昭和十四年、桑原のそれは戦後間もなく発表されたものだ。桑原は「啄木としてはできの悪い作品」としながらも、その歌が刻まれた碑を見に、わざわざ「泥田のような道」を米町公園まで歩いていった。幣舞橋を渡ったかもしれないし、渡らなかったとしても目に入る場所を通ったはずだが、橋についてはなにも書いていない。

啄木は釧路新聞紙上に、「ゆめみる人」という署名で何編かの詩を発表した。そのなかには自ら編んだ「ハコダテの歌」、「呼子と口笛」などの詩集に入れなかったため、一般にはあまり知られていない詩がある。ここに全編を引く「幣舞橋」も、そのひとつだ。

傾きかけしあやふさに、
行き来の人等かく思ふ。
三月《みつき》とざせる川氷

とけなばやがて彼の橋の
くづれ落つ可《べ》き時こんと。

されど官吏も商人《あきびと》も
はた馬、車、馬橇さへ
そしらぬ顔に行き交ひて、
見よ彼の橋の日をまた夜《よ》
流れに舟は下過ぐる。

柱歪みて欄よれて
老いてみにくく横たはる
悲しきさだめ――自づから
渡《か》ればなげくきしきしと――
彼の幅狭の長き橋。

「幣舞橋」（「釧路新聞」明治四十一年三月二十七日）

これだけの詩を書いた啄木が、『日記』のなかで一度も幣舞橋のことを書いていないのは不思議な気がする。啄木の見た幣舞橋は、幅が狭いとはいえ、馬や車や馬橇《ばそり》が擦れ違っていたのだから、かなり幅のある橋だったに違いない。ただ、橋脚は歪み、欄干はよじれて、全体に傾きかけていた。上流の氷でも解けたら、落ちるかもしれない、という風情である。ここで啄木の詩を論じるつもりはないが、私は数多い啄木の詩のなかで、この「幣舞橋」はおもしろいもののひとつだと思った。

第七師団の悲歌——徳冨蘆花 小宮山量平

啄木が落ちそうだと思った幣舞橋は、やはり限界だったらしく、翌（明治四十二）年には架け替えられた。その直後に、幣舞橋の印象を書き残した人がいる。徳冨蘆花（一八六八〜一九二七）である。彼は明治四十三年に北海道を旅した折、釧路に一泊した。

九時近くくたびれ切つて釧路に着いた。車に揺られて、十九日の欠月《けつげつ》を横目に見ながら、夕汐《ゆふしほ》白く漫々たる釧路川に架した長い長い幣舞橋《ぬさまひばし》を渡り、輪島屋と云ふ宿に往つた。
（中略）余等は弁天社から灯台の方に上《のぼ》つた。釧路川と太平洋に挟まれた半島の岬端で、東面すれば太平洋、西面《さいめん》すれば釧路湾、釧路川、釧路町を眼下に見て、当面には海と平行して長く延《ひ》いた丘の上、水色に冴《さ》えた秋の朝空に間隔《あはひ》て丶二つ列むだ雄阿寒、雌阿寒の秀色を眺める。湾には煙立つ汽船、漁舟《れうせん》が浮いて居る。幣舞橋《ぬさまひばし》には蟻の様に人が渡つて居《を》る。北海道東部第一の港だけあつて、気象頗《すこぶる》雄大である。

徳冨蘆花『み丶ずのたはこと』

橋は新しくなっても、「長い長い幣舞橋」といい、「幣舞橋には蟻の様に人が渡つて居る」というところ、蘆花の幣舞橋の印象は、やはり啄木のそれを思わせる。蘆花の紀行文は、というよりも『み丶ずのたはこと』全体がそうだが、土地の位置関係などを実にわかりやすく書いていて、しかもそこに活動している明治の人間の息吹を生き生きと伝え、小説家の筆力をいかんなく示したものだ。幣舞橋は実際に長い橋だったらしく、かつての幣舞橋は現在のそれの二倍近くあったということが、なにかの資料に書かれていた。

蘆花が明治四十三年、夫人同伴で北海道を訪れたのは、関寛という人物に会うためであった。関は阿波蜂須賀藩の藩医であったが、七十三歳のときに北海道開拓を志し、十勝陸別の斗満原野に牧場を開いたという変わり種である。牧場を経営する傍ら医師としても活動し、アイヌの人々にも分け隔てなく治療をしてやっていた。網走刑務所からの脱走者などに対しても、頼ってくれば一宿一飯を惜しまずめんどうをみていたという。関が初めて東京に訪ねてきたときのことを、蘆花は次のように書いている。

明治四十一年四月二日の昼過ぎ、妙な爺さんが突然訪ねて来た。北海道の山中《やまなか》に牛《うし》馬《うま》を飼つて居《を》る関と云ふ爺《ぢい》だと名のる。眼は小さく可愛ゆくして鼠のそれの如く、顔は紅味ばしつて十五六の少年の血色をして居《を》る。長い灰色の髪を後に撫でつけ、頤《あご》に些《ちと》の疎髯《そせん》をヒラ〳〵させ、着物は木綿づくめで、足駄ばき。年を問へば七十九。強健な老人振りに、主人《あるじ》は先づ我を折つた。

前同

関の斗満牧場を訪ねる一週間ほど前に、蘆花は旭川の神居古潭《かむいこたん》に立ち寄った。神居古潭は、アイヌの伝説に満ちた土地で、アイヌにとっての聖地である。蘆花一行は神居古潭駅で降り、対岸の集落に行くために石狩川に架かる危うい吊橋を渡っている。この神居古潭駅は旧函館本線の路線が変更されるとともに、昭和四十四年（一九六九）に廃止された。

少し長い引用になるが、蘆花の吊橋渡りの描写は一読に値する。

改築中で割栗石《わりくりいし》狼藉《らうぜき》とした停車場《すてえしよん》を出て、茶店《さてん》で人を雇ふて、鶴子と手荷物を負はせ、急勾配の崖を川へ下りた。暗緑色の石狩川が汪々《わう〳〵》と流れて居る。両岸から鉄線《はりがね》で吊つたあぶなげな仮橋《かりはし》が川を跨《また》げて居る。橋の口に立札《たてふだ》がある。文言《もんごん》を読めば、曰く、

五人以上同時に渡る可からず。

恐《お》づ〳〵橋板を踏むと、足の底がふわりとして、一足毎に橋は左右に前後に上下《じやうか》に揺れる。飛驒《ひだ》山中、四国の祖谷《いや》山中などの藤蔓《ふぢづる》の橋の渡り心地がまさに斯様《こんな》であらう。形ばかりの鉄線《はりがね》の欄《てすり》はあるが、つかまつてゆる〳〵渡る気にもなれぬ。下の流れを見ぬ様にして一息に渡つた。橋の長さ二十四間。渡り終つて一息ついて居《を》ると、炭俵を負ふた若い女が山から下りて来たが、佇《たゝず》む余等に横目をくれて、飛ぶが如く彼吊《かのつり》橋《はし》を渡つて往つた。

前同

この吊橋も現在は神居大橋という立派なものに架け替えられているが、それもやはり吊橋で、いまでは「百人以上は一度に渡らないでください」という立札が立っている。

神居古潭で、蘆花はあたりの景色を少し見物し、わびしい鉱泉宿に一泊して、翌朝また汽車に乗った。彼がアイヌに寄せた関心はなかなか強かったようである。

蘆花が旭川を訪ねた理由は、もうひとつあった。彼は明治四十年に『寄生木《やどりぎ》』という小説を書いたが、これは陸軍中尉であった小笠原善平という実在の人物から、小説化してほしいとノートを託され、それに基づいて書き上げたものである。

善平は、蘆花にノートを預けた後、間もなく二十八歳の若さで自殺した。小説では篠原良平と名前を変えてあり、善平が甚大な影響を受け、恩人と慕っていた乃木大将は大木将軍となっている。

篠原良平は、東京に恋人を残して、旭川の陸軍第七師団に赴任するが、恋人の父親から絶縁を申し渡され、煩悶《はんもん》の末に自殺してしまうのである。蘆花は旭川で、善平のありし日を偲びたかったのだ。第七師団の軍営地を見下ろせる春光台に立ち、善平の親友小田中尉を官舎に訪ねて話を聞いたりしている。

私は中学生のころ、たまたま家に転がっていた『寄生木』を読んだ。無地の白い表紙に、『小説寄生木』、徳冨健次郎著とだけ印刷してあるぶ厚い本で、本の造りからして通俗小説に違いないと思ったが、ほかに読むものがないときだったから、読んでみたのである。

読んでみて、やはり通俗小説だと思ったが、しかし案外にその印象は旭川という地名と結びついて私の頭に残ってしまった。小説そのものが、というよりも第七師団という北の果ての軍隊の集団が心に刻み込まれたのである。

昭和五十五年(一九八〇)、十月末から十一月にかけてであったが、私は仕事でカメラマンと北海道各地をめぐったことがあった。

釧路からスタートして、根室、知床、網走、北見、阿寒、帯広、旭川、札幌、洞爺湖、函館、松前、江差、余市、小樽を十五日間でまわるという、急ぎ旅である。帯広から旭川までざっと百五十キロメートルくらいはあろうか、その距離をさほど遠いとも思わず夜のうちに移動したのだから、若さであった。どこへ行っても晩秋の、燃え落ちるばかりの紅葉が美しく、旭川から札幌に向かうときに、初雪に見舞われた。私はこのときの旅の体験を、仕事とは別に、翌年からある雑誌に「北海道紀行」として連載したが、ここに引くのはその一節である。

小説『寄生木』が、ぼくの中に、旭川という地名のイメージを植えつけた。それは、東京に恋人を残し、傷心の士官候補生が赴任して行く、陸軍第七師団軍営の地としての旭川である。ぼくは小説の中から、そこが活気のある軍都というにはほど遠い、本州育ちの若い兵士たちが長い冬期の酷寒に苦しむ流刑地にも似た土地であることを読

みとった。（中略）
　重厚なアーチ式の旭橋を渡る時、「隊列の軍靴悲し旭橋大鉄橋」という、歌の文句ともつかないようなものが頭をかすめた。橋の竣工は昭和七年、あたかも中国で暗い戦雲がひろがりはじめた時期である。寒空に軍靴の音も悲しく、万単位の若者たちがこの旭橋を渡って戦場の露と消えていった。
磯辺勝「北海道紀行⑩」（『詩芸術』一九八二年二月号）

　ずいぶん聞いた風なことを書いているが、旭橋の趣が、幣舞橋などとはまったく違うとだけは嗅ぎつけていたと思う。幣舞橋が、啄木のように生活のためによんどころなく流れてきた勤め人や女たち、一山当てようとしてやってきた男ども、行商の人々などが渡る橋だとすれば、旭橋は戦車の通行にも耐えられるように頑丈に造られていて、しばしば兵士たちの軍靴が音をたてて渡ったのであった。

　ここで、その旭橋と幣舞橋を見事につなぐ、一挿話を取り上げておきたい。小宮山量平（一九一六〜二〇一二）の随筆「わが幣舞橋悲歌《ぬさまいばしエレジー》」である。

　小宮山量平といえば、理論社を創立、社会科学関係書や児童書を発行し、多くの児童文学者を育てた出版人として著名な人物だ。彼は戦時中、旭川第七師団の将校であったが、第二次世界大戦末期に、釧路に派遣され、本土防衛と称して「海辺の穴掘りに明け暮れ」ていた。そのときの彼の上官であった総指揮官N大佐は変わった人物で、赴任早々に任地にマイホームをつくらせ、若妻を呼び寄せて新婚生活を営んだのである。

当時の軍隊の常識からすれば、前代未聞のことであった。しかも任地で子宝にもめぐまれている。そのうえ、敗戦を迎えると、N大佐は半狂乱の妻にせっつかれて、物資の配分を担当していた小宮山に、もっと俺のところに物資をまわせ、と要求する始末だった。さすがに小宮山も、「女々しいですぞ、腹をお切りなさい!」などと一喝する仕儀《しぎ》になる。

そして戦後……。

たしか、二年目の八・一五も過ぎたころだったろうか。どうにか身辺も落ちついたので、その町も人もなつかしく、東京から釧路へと直行した。かつて将校姿で馬を駈けめぐらせたあの街角、この道すじと、ゆったり歩き、北大通りの知人宅を目ざして、ようやくなつかしい潮風を感じた。ああ幣舞橋――こんにちは……と声をかけたくなるこの町のシンボルだ。てすりに沿って進むその前方に、そのとき、ちりりんちりりん、頼りなげに鈴を鳴らして一台のリヤカーに旗立てたアイスクリーム屋が近づいて来た。曳くのは亭主であり、押すのは神さんであろうか。

そして、ちょうど橋のまん中。私たちは立ち止まっていた。すでに向かいあっていた。リヤカー一台に生活を托して、いま汗をぬぐっている一対は、N大佐夫妻である。もはや、私は涙ぐんでいた。言葉は全く少なかったけれど、私たちは、ひたすらなつかしい者どうしとして会い、再会を祈る気持だけで別れた。

小宮山量平「わが幣舞橋悲歌」(日本の名随筆99『哀』)

海霧と霧笛——原田康子 更科源蔵

蘆花が釧路で上った「半島の岬端」は、後年、桑原武夫が啄木の碑を見るために上ったのと同じ丘で、知人岬といい、一部が米町公園となっているところだ。丘の一角に灯台がある。この灯台は、濃霧の時期になると、霧笛を鳴らすことで知られた。

釧路はひどいときには一寸先も見えない海霧《うみぎり》が発生する町である。しかもその期間が春から秋口までと長い。海霧を地元では「ガス」といって、ガスの出た日は、船が航路を誤らぬよう、灯台が霧笛を鳴らした。

先に引用した「摩周湖紀行」のなかで、林芙美子も、「町を歩いてゐても、宿へ着いても、三分おきに鳴つてゐる霧笛の音は、夜着いた土地であるだけに何となく淋しい。遠くで霧笛を聴くと夕焼けの中で牛が鳴いてゐるやうな気がする」と書いている。

釧路が海霧の町だということを知ったのは、いつのことだっただろうか。私がかつて釧路を訪ねたのは、先に述べた北海道取材の折で、季節は晩秋で霧は出ず、一度も釧路の海霧を見たことがなく、霧笛を聞いたこともないのである。

釧路の幣舞橋と、海霧の町としてのイメージは、原田康子（一九二八～二〇〇九）のベストセラー小説『挽歌』によってつくられた、ということがよくいわれる。だが、それは正確ではないと思う。正しくは映画化された『挽歌』によってつくられた、というべきなのではないか。

『挽歌』が爆発的に話題を呼んだのは、昭和三十一年（一九五六）から一、二年、私がまだ十一、二歳のころである。兄か姉が読んでそこらにほうり投げておいた『挽歌』を読んだのは、かなり後のことであった。映画は見ていない。『挽歌』を読んだといっても、内容はあまり覚えていないが、私には小説のなかに橋や霧はおろか、釧路という地名さえ出てきた記憶がなかった。当時の私は、小説の背景をなんにも知らずに、作者がエキゾチックな架空の町を描いているのだろうと思っていたのである。

それから二十数年たって、釧路を訪ねたあと、私は自分が相当に思い違いをしているに違いないと思いながら、『挽歌』を読み返してみた。すると、案外に記憶は正確で、やはり幣舞橋も釧路も出てこなかったし、釧路の霧が描かれている場面はごくわずかであった。作者はむしろ、具体的な地名や風土を強調して、小説の舞台がローカルなものになってしまうのを避けようとしているかのごとくである。釧路生まれの作者が釧路に住んでいて書いた作品であることを思えば、それは当然なのだ。よく引用される次の数行も、釧路の名高い海霧だとわかるようには書かれていない。

海霧は夜になって濃くなっていた。風も出はじめていた。飲食店や商店の装飾灯に染められて、渦《うず》まくように流れる海霧のなかを、わたしはハイヒールの靴音《くつおと》を小刻みにひびかせて住友ビルにむかった。わたしは、わたしの項《うなじ》に冷たくまつわりつく海霧が、なんとなく気持悪かった。

原田康子『挽歌』

おそらく映画『挽歌』では、幣舞橋や釧路の海霧が効果的に使われていたのだろう。それがすべて原作の小説に書かれているかのようにいわれているところがある。

昭和五十五年に北海道を一巡したときは、東京から空路釧路に飛び、初日に歩いたのが釧路であった。釧路の道路では、いたるところナナカマドの街路樹が、紅葉した葉の間に赤いビーズのような実を光らせていた。

「これ、ぼくが子どものころは、カラスの実っていってましたよ」と、阿寒湖畔の旅館の息子で、中学に入るまで北海道で育ったカメラマンがそういったのを覚えている。私たちは、幣舞橋を、橋を上から見渡せる幣舞公園という小公園に上って眺めた。そのときの幣舞橋の印象を、私はこんなふうに書いている。

最初に架けられた橋から数えて五本目に当たるという現在の幣舞橋は、コンクリートのガッシリした橋であるという以上に珍しいところはない。むしろ欄干に妙な彫刻を立たせた新しい幣舞橋に、釧路港から橋をくぐって旧釧路川の河口まで続いている、いかにも年月に熟れた漁港風景の方が折り合わなかった。小型の漁船が盛んに幣舞橋の下を通って旧釧路川を溯り、また海へと出て行く。そういう船の往来のために、川面《かわも》は絶えず小波《さざなみ》だち、波は川岸を埋めて並ぶ古びた木造船を大きく揺り動かしていた。

釧路空港に降り立った時にひんやりと感じた大気は、幣舞橋の付近を歩きまわっていた夕刻にはしんしんと体を冷やしてきていた。重そうなカッパに身を包み、頬かむりをして船の周りで立ち働いている人々が、時々焚火に寄って行って手をかざす。その焚火の赤い炎とあさぎ色の煙が、北国の漁港に深い秋の訪れを告げているようだった。

磯辺勝「北海道紀行①」(『詩芸術』一九八一年二月号)

新しい橋が架けられてまだ三、四年しかたっていないころである。もともと女性の裸体の彫刻というものに、めったに「芸術」を感じない私は、ここに書いた以上に欄干に据えつけられた四体のブロンズ像に違和感を覚えていた。だが、こればかりは人それぞれ、好みの問題である。釧路港は大型船も入る築港だが、幣舞橋の周辺は漁港の印象が強い。すでに述べた通り、私たちの訪ねた時期は、もう海霧のシーズンを過ぎていて、海霧につつまれる幣舞橋の風景は見られなかった。

原田康子は、『挽歌』には幣舞橋のことを書かなかったが、その後札幌に移り住み、作家活動に入ってからは、随筆などに釧路のことも幣舞橋のことも海霧のこともたびたび書いている。

先に引いた啄木の詩のなかに、「三月とざせる川氷」という一行があったが、原田は子どものころ、釧路川の幣舞橋よりもやや上流の鉄橋のあたりで、スケートをして遊んだという。釧路の七夕の思い出も書いている。釧路には竹というものがなく、竹の代わりに柳の木で七夕飾りをしたが、それがちょうど海霧の季節だった。

だいたいその時期の釧路は天候が悪い。海霧がかかるのである。海霧は春先から多くなって、八月のお盆すぎまでつづくのだが、シーズン中は晴天の日はかぞえるほどしかない。八月にはいると多少海霧はうすれるけれど、晴れていても午後からふいに海霧がかかったりする。海霧の日はうすら寒くて、真夏でもストーヴが恋しいほどである。とても浴衣《ゆかた》がけで天の川を見あげてはいられない。

海霧の夜はもちろん星は見えない。銀河も彦星も織女も海霧のはるかかなたである。家々の灯火もぼうっと海霧にうるんで、ほおずき色の小さな灯がぼんやりゆれながら近づいて来る。蠟燭《ろうそく》を貰《もら》い歩いている少年たちの提灯の灯である。私の家の前は小学校のグラウンドで、グラウンド越しに見ると提灯の灯は狐のお嫁入りの灯のように見えた。

原田康子『北国抄』

海霧につつまれた釧路の幻想的な風景ではあるが、ここに暮らす人々にとっては、ありがたくない景色である。冷たい海霧に日照がさえぎられ、夏らしい夏はなく、樹木は育たず、住まいは湿気に侵され、洗濯物は乾かない。釧路の悪天候はこの地に住む人々を苦しめてきた。

先にふれた釧路生まれの医師坂本氏も、自伝のなかで、この天候のために釧路には肺結核などの重症患者が非常に多かったことを指摘している。しかし、それでも海霧は必ず湧いたのであり、そのなかで人々は生きてきた。海霧の幣舞橋で見たある日の光景を、北海道生まれの詩人、更科源蔵（一九〇四〜八五）が書いた次の文章は、深く私の心に残っている。

私の青年時代のこの街は、ひどい濃霧に包まれた魚臭い街であった。しかしその印象は必ずしもいやな思い出ではなくて、今も霧の奥から差込む柔らかい光のように、私の中に明るく澄んでいる。いつかこの町の中央にかかっている幣舞橋《ぬさまい》の上で、目の不自由な人が、霧にぬれた手摺《てすり》にもたれて、じっと何かをさぐっていた。それは海という未知の世界に出て行く漁船のざわめきであったか、濃霧の中から太く強く船人たちに呼びかけてくる、霧笛の呼びかけであったか知らない。

更科源蔵『北海道の旅』

十年ほど前だったか、この霧笛が廃止されたというニュースが報じられた。レーダーなどの発達で、霧笛が不要になったということのようである。

そんな折も折、二〇一〇年、思いがけず釧路再訪の機会が訪れた。七月の末で、今度こそは海霧の風景に出合えるに違いないと思って出かけたが、三日釧路にいる間、一度も海霧は発生しなかった。それに、幣舞橋の下の釧路川は、すっかりコンクリートの護岸が施され、街灯の並ぶ遊歩道に整備されてしまっている。岸に小船がひしめく風景は、消えてしまっていた。心なしか、橋の周りに飛んでいる鷗も数が少ないように思われた。

ただ、橋の欄干に取り付けられた四体の彫刻は、以前ほどは気にならず、むしろ橋にしっくりとなじんで、好ましかった。歳月が変えたのは、彫刻か、それとも私のものの見方のほうだろうか。

二、隅田川の幻景

「吾妻橋」　東京都台東区

にぎわいの痕跡──エドモン・ゴンクール　松尾芭蕉　小林一茶　関根弘

東京に橋は多いが、橋の上で大道芸をしたり、古本市が開かれたりする、そういう広場風の橋がない。ひとつぐらいは、繁華街に車の通らない、そんな橋があったらどんなにいいかと思うのである。自動車のなかった江戸時代には、橋の上にもの売りもいれば、見世物で稼ごうとする人もいた。

『ゴンクールの日記』を読んでいると、こんな記述があった。

笠翁については林は次のようなことを教えてくれた。この人は生計を立てるために初めある橋の上で木製の小さな細工物を売り始めた。橋とは両国橋、江戸隅田川のポン・ヌフ（カルチエ・ラタンとシテ島を結ぶ橋）にあたる。もっとも金が全然なかったため、それはひどい安物の飾り物だった。同時に彼は露天でデッサンもしていた。ある日自分の前に作品何個かを陳列しているところへ、津軽公が通りかかった。公は並べた作品をご覧になり、その木工細工を全部公の邸へ届けるようにといわれた。

エドモン・ゴンクール『ゴンクールの日記』下

（一八九一年三月十日）（斎藤一郎編訳）

文中の「笠翁」は、漆芸家としても俳人としても名高い小川破笠（一六六三〜一七四七）のことであり、「林」とは明治期に大量の浮世絵を海外に売り捌《さば》いたことで知られる美術商の林忠正（一八五三〜一九〇六）である。

一八九一年（明治二十四）に、ゴンクール兄弟の兄エドモン・ド・ゴンクール（一八二二〜九六）が、彼のところに親しく出入りしていた林から聞いた、小川破笠の逸話を書き記した日記の一節だ。破笠は津軽公に召し抱えられ、津軽公のために制作した漆芸品で名をあげたのだが、それ以前の貧乏時代に、安物の飾り物を両国橋の上で売っていたのだという。そこを通りかかった津軽公の目にとまって……というところになると、どうも少しできすぎた出世物語である。

ただ、若いときの破笠の貧乏ぶりは、さまざまに伝えられており、両国橋の上で飾り物を売っていたというところまでは、ありそうなことだ。林は、両国橋を、「パリでいえばポン・ヌフみたいなものですよ」とエドモンに説明したわけである。

俳人としての破笠は、松尾芭蕉（一六四四〜九四）の年若い門人で、同門の宝井其角（一六六一〜一七〇七）に兄事《けいじ》し、破笠同様貧乏だった服部嵐雪（一六五四〜一七〇七）とともにに、其角の家に転がり込んで居候をしていたこともある。
両国橋の次は、やはり隅田川に架かる新大橋の話である。芭蕉に次のような句がある。

初雪やかけかゝりたる橋の上　芭蕉
有《あり》がたやいたゞひ《（い）》て踏《ふむ》はしの霜　芭蕉

深川の芭蕉庵の目と鼻の先に、新大橋が架けられた。元禄六年（一六九三）のことである。深川の隅田川沿いに、断続的に十年以上も住んでいたところをみると、芭蕉はよほどこの地が気に入っていたとみえる。

芭蕉は橋の工事が始まると、朝夕その進捗状態を相当な関心をもって見ていたに違いない。一句目は、まだ出来上がっていない橋に初雪が降ったということであり、二句目は出来上がった橋の渡り初めの感想だ。どこか西山宗因（一六〇五～八二）の句「里人の渡り候か橋の霜」の気分に通ずる句である。

芭蕉が新大橋の工事に並々ならぬ関心を寄せたと考えられるのは、橋ができれば自身の日常生活に便利なこともあったが、そのせいばかりではない。芭蕉は江戸へ出たての延宝元年（一六七三）ころ、短い期間のようだが、小石川関口で神田上水道の工事の仕事をしており、水にかかわる土木工事になんらかの知識と経験のあった人だからである。

新大橋は、わずか五十日余りで完成したというのだから、たいへんな突貫工事だった。見るたびに大幅に進んでいる橋の建設に、芭蕉はめざましい思いを味わったことだろう。新大橋の完成した翌年、芭蕉は大坂で客死することになる。

のちに歌川広重（一七九七〜一八五八）が、彼の江戸名所絵のなかでもっとも有名な作品といっていい「大はしあたけの夕立」に描いたのも、この新大橋である。

雨の線が縦にいっぱいに走る画面に、四、五人の男女が傘をさしたり笠をかぶったりして渡っている橋を、俯瞰でとらえ、川の広さをたっぷりと描き出したあの絵だ。その広重の絵を、浮世絵に夢中になったゴッホが油絵で模写していることもまた、周知の事実である。思えば、新大橋は芭蕉からゴッホまでを結びつけている、不思議な橋だ。

江戸の橋というものは、浮世絵などで見ると、ほとんどが反り橋である。短い橋は太鼓橋、長い橋はゆるやかな弓なりの反りをみせている。したがって、渡る人は、まず橋の中央の高みへと上ってゆくことになり、それを後ろから見ると、人々が坂を這い上がって行くように見えた。

這《はひ》渡る橋の下より時鳥《ほととぎす》　一茶

稲妻《いなづま》にへなへな橋を渡りけり　一茶

這渡るような反りの強い太鼓橋だから、高い橋げたの下には、ホトトギス（時鳥）も来るというわけである。稲妻のときの橋の上は、身を隠す場所がないだけに、怖い。時折り襲ってくる閃光と雷鳴のなかを、裸になったような気分で渡って行く人は、見た目にも「へなへな」とした姿になる。小林一茶（一七六三〜一八二七）ならではの的確な描写だ。

隅田川などにかかる大きな橋だけでなく、そこそこの橋でも、城を除いて大きな建物の少なかった江戸時代の街のなかでは、橋は際立って巨大な建造物だったはずである。一茶の句なども、橋がひときわ大きく見える風景を想像して読めば、よりわかりやすい。しかも、武家屋敷は武家屋敷、問屋街は問屋街、長屋は長屋と、区域ごとに建物が似通っていた当時の街では、橋が場所を指す目印として便利だった。そこに駕籠屋の溜りがあったり、蕎麦屋や団子屋ができたりして、にぎわいが生まれたことは自然の成り行きである。

日本全国どこへ行っても、橋の名前のつく繁華街が多いのは、そういう時代の名残といってよいだろう。

近代に入り、車の通行が激しくなると、それにつれて歩行者が少なくなり、橋の上からも、橋のたもとからもにぎわいは消えていった。盛り場に近いというだけでは、橋ににぎわいは生まれない。にぎわうとすれば、盛り場と盛り場をつなぐ歩行者専用の橋だけだが、東京などでは、そういう橋がほとんど残らなかった。

しかし、それでも、人はときに、われ知らず橋に目をとめている。隅田川沿いのいちばんの繁華街といえば浅草だが、この盛り場の一部といってもいいのが吾妻《あづま》橋であった。浅草を歩いていれば、吾妻橋はどうしても目に入る。特に浅草生まれの人や足しげく浅草に通った人には、吾妻橋はわが街の橋なのだ。浅草生まれの詩人関根弘（一九二〇～九四）の一九八〇年ころの詩に、「吾妻橋」がある。

くれなずむというのは
いい言葉だ
一年中で一番日の長い季節
くれなずむ吾妻橋を
橋の袂の神谷バーの窓から眺めていた

対岸のビール工場と
ビヤホールは

高速道路にさえぎられ
もともとよくみえないが
夜がカーテンをひきはじめると
ますますみえなくなる

橋のカーブをきわだたせるのは
自動車のヘッド・ライト
こちらへ向かって
上っては降りてくる
上っては降りてくる

その単調なくりかえしの暗がりに
流れている川
もはや北斎のものでも
広重のものでもない隅田川

神谷バーは
ひとり飲みにくる老人の多いところで
ひとごとでなく自分にも
老いはしずかに訪れている

夜は
あっというまに
吾妻橋とわたしの上にかぶさってきたのだ

関根弘「吾妻橋」（詩集『泪橋』）

浅草に通った者なら、電気ブランを飲ませる神谷バーはだれでも知っている。

関根は、小学校を卒業するとすぐにさまざまな職業を転々とし、独学でロシア語を習得、鮎川信夫（一九二〇〜八六）らと「現代詩の会」を結成して活躍した。そういう彼の詩には、庶民の生活の底に行き場なく溜っている哀しみのようなものが、常に流れていた。

橋を舞台に——永井荷風 川端康成

戦後間もない昭和二十八年（一九五三）に、永井荷風（一八七九〜一九五九）が発表した小説「吾妻橋」は、吾妻橋のたもとで客を引く街娼の話であった。一九三〇年ころ、銀座から浅草に河岸を変えた荷風が、戦争で中断してのち、再び始めた浅草通いから生まれた小説である。

南千住の貧しい大工の娘に生まれた道子は、兄を戦争で失い、父が空襲で焼死してしまったために、農家であった母の実家へ行くが、ここも貧しく、母を養うために「売笑窟」へ身売りをした。母が亡くなり、年季明けのころには家庭に入る話もあるがうまくいかず、結局街娼になってしまう。

「道子は唯何といふ訳もなく吾妻橋のたもとが好さゝうな気のするまゝ、こゝを出場所にしたのであるが、最初の晩から景気が好く、宵の中に二人客がつき、終電車の通り過る頃につかまへた客は宿屋へ行つてから翌朝《よくあさ》まで泊りたいと言出す始末であつた」という具合で、吾妻橋を選んだことが、道子には合っていたらしく、商売はことごとくうまくいった。道子は、吾妻橋の上から、こんな景色を眺めている。

道子は橋の欄干に身をよせると共に、真暗な公園の後に聳えてゐる松屋の建物の屋根や窓を色取る灯火を見上げる眼を、すぐ様橋の下の桟橋から河面《かはづら》の方へ移した。河面は対岸の空に輝く朝日ビールの広告の灯《ひ》と、東武電車の鉄橋の上を絶えず往復する電車の灯影《ほかげ》に照され、貸ボートを漕ぐ若い男女の姿のみならず、流れて行く芥《ごみ》の中に西瓜の皮や古下駄の浮いてゐるのまでがよく見分けられる。

永井荷風「吾妻橋」(『荷風小説』七)

ある朝、道子はふと思いついて、仕事を休み、母の墓参りに行く。母の墓には墓石もないことを知り、寺の住職に墓石の斡旋を依頼して帰ってくる。翌日、吾妻橋へ行ってみると、道子が休んだ昨日、一帯に警察による街娼の取り締まりがあり、検挙された者もいたと仲間から聞き、ここでも道子はついていたことを知った。それで小説は終りである。荷風は、道子を、忌むべき生業の者とも、ましてや社会の敗残者ともみていない。戦争によってそういう生き方に追い込まれただけのことで、彼女なりにつつましく生きているまっとうな人間なのである。

先に引用した詩の作者関根弘は、『小説吉原志』(一九七一)を書いて売春の実態をえぐり出し、売春防止法（一九五六年成立）が、人道法の名の下に、おびただしい棄民をつくり出しただけだったという矛盾を鋭く衝いた。彼自身、売春防止法の推進派ではあったが、禁止だけして、それに従事してきた者たちを救済しない、法の欺瞞に気づいたのである。

ともあれ、現在よりそう遠くない時期まで、夕暮れになると橋の上には街娼もいた。橋の上は、場所をもたない人々の仕事場になっていて、それがにぎわいにもなっていたのである。川端康成（一八九九〜一九七二）の小説『浅草紅団』に、夏の言問《こととい》橋を描写した次のような一節があった。

言問橋の上にももう、一ぱい二銭、三ばい五銭の冷しコオヒや、靴下止めや、梨や、帽子洗濯や、五目並べや、詰め将棋や、西瓜の切売りの店が出はじめるだらう。

川端康成『浅草紅団』

いつごろのことかといえば、小説は昭和四年（一九二九）から翌年にかけて書かれている。川端康成は、人と橋との関係に着目していた作家の一人で、小説の舞台として橋を巧みに利用した。『浅草紅団』は、浅草に棲息する浮浪者、不良、踊り子など、底辺の雑多な人々を登場させ、華麗で新鮮な味わいをもった下町模様を織り成した小説である。

その新鮮さは、いま読んでも薄れていない。しかも、底流には「虚無的な詩情」が流れているとは、だれがいったものか、この小説を評して至言である。川端が、小説の主要な舞台として選んだのが、吾妻橋よりやや上流に架かる言問橋であった。

昭和三年二月復興局建造の言問橋は、明るく平かに広々と白い、近代風な甲板のやうだ。また都会の芥《ごみ》で淀んだ大川の上に、新しく健かな道を描いてゐるかのやうだ。しかし、私が再びそれを渡つた時には、もう広告灯や街の火が黒い水に落ちて、都会の哀愁が流れてゐた。公園工事中の浅草河岸の夕闇に、白い切石が浮かび、荷馬の傍で焚火してゐる工夫達が、遠くに見えた。

橋の欄干から下をのぞくと、満潮の音がかすかに聞えて、大きいコンクリイトの橋脚につなぎ寄せた、三艘の荷船は夕飯だつた。

艫《とも》の七輪に飯の湯気が立つてゐる。手拭をかぶつた娘が櫃を抱いて、舷《ふなばた》を渡つて来る。舳先《へさき》には艫を斜めにして、赤い洗濯物が干してある。隣りの船は石油ランプの下で、さんまを焼いてゐる。屋根には味噌漉、薪、バケツなどが乱れてゐる。

私の外にも、仕事帰りの人々が三人五人のぞいて行くが、船の家族は知らん顔だ。川蒸気の波に揺れて、葱《ねぎ》を洗つてゐた子供がよろめいた時に、私のうしろから、

「時の船ゐない？」

「時い。」

振り向くと、私の見失つた自転車の二人だ。――葱の子供が上を見た。

「時公だな、飴をはふつてやるからな。」

「おうい、あのな、船貸してもいいつて、ちやんが言つてるよ。」と、川からの声だ。

「貸す？――ほんとかい。」

「悪いことするんでなかつたらだつて。――その代り、うち四人安来節へ行くだけおごれつてよ。」

「分つたよう。大きな声するない。――ほうら飴だ。」

船の屋根にかちんと落ちて――と、三艘の船の顔が、一時に皆出て、橋を見上げた。私は驚いた。子供だけで七人だ。

前同

関東大震災のあと、昭和三年に架けられた言問橋は、現在も使われている橋である。長い引用をしたのは、橋の情景描写から会話に移るところ、作者の見事な手ぎわを読んでいただきたかったからだ。橋の上と船上との間に会話が始まることで、たちまち橋は人々の生き生きとした生活の舞台になってくる。

橋の上にいる人間の微妙な心理を生かして、川端のつくりだした清新な場面は、たとえば『古都』(一九六一～六二)などにもあった。


大橋の半ばまで来ていた。千重子は兄のたくましい顔を見た。

「千重子さん、今夜は顔色が青白うて、えらいかなしそうやね」と、真一は言った。

「大橋のまんなかで、光りのせいとちがうの?」と、千重子は言って、足をふみしめた。

「それに、宵山のこの人出は、みないそいそしといやすのに、娘一人ぐらい、かなしそうに見えたかて、なんでもあらしまへんやろ」

「そうはいかん」と、真一は千重子を、橋の欄干の方に押した。「ちょっと、もたれたら」

「おおきに」

「川風もあまりないけど……」

千重子は額に手をあてて、目をつぶりそうにした。

川端康成『古都』

京都の四条大橋が舞台である。前から読んでくると、「真一は千重子を、橋の欄干の方に押した」というところで、急に鴨川の水面が見え、川からの涼しい空気が、さあっと感じられる。橋の上だということと、この兄と妹との危うい関係のようなものが、からまって迫ってくるのだ。

隅田川に話を戻せば、川端は『浅草紅団』のなかで、「清洲橋が曲線の美しさとすれば、言問橋は直線の美しさなのだ。清洲は女だ。言問は男だ」と書いている。これは、川端が、小説の舞台としての言問橋のイメージを明かしたことばであるのと同時に、隅田川の他の橋にも常々興味を寄せ、ひいてはそれらをセックスに擬して考えてみるほどに、橋というものに関心を抱いていることを物語っていよう。

「ブリュッケ」風の絵——藤牧義夫　松本竣介　洲之内徹　ランボー

ちょうど川端が『浅草紅団』を書いていたころ、木版画で隅田川の橋に取り組んでいた画家がいた。藤牧義夫（一九一一〜三五？）である。

藤牧は、群馬県館林市の生まれ、十六歳で上京して図案工房に勤めながら独習で木版画を学んだ。兄が病死したために、家名を継がなければならないという重圧に悩みながら、木版画家をめざし、昭和七年（一九三二）に小野忠重（一九〇九〜九〇）らと新版画集団を結成、翌年には「給油所」という作品で帝展に入選をはたしている。

近代都市の構成美とでもいうべきものに魅せられた藤牧は、「鉄の橋」、「白ひげ橋」、「清洲橋」などの連作で、橋を真横から眺めるのではなく、橋のたもとから鉄骨の欄干を大きく描くなど、斬新な角度でとらえてみせた。彼の木版画は、鋭い刻線のなかに、近代の詩情を漂わせて、創作版画の歴史のなかに置いてみても、第一級の傑作であった。

しかし、貧窮と病気に追いつめられていた藤牧は、版画ではなく、和紙に毛筆で描いた見事な白描スケッチ「隅田川絵巻」（全四巻）を小野忠重に預け、昭和十年に忽然と姿を消してしまう。藤牧二十四歳のときであった。以後、彼の姿を見た者はなく、どこでどのような最期を遂げたのかもわからずじまいなのである。

「隅田川絵巻」は、白鬚橋から相生橋までの隅田川の沿岸風景を複雑な構成で描いた大作だが、もっぱら木版画を手がけていた彼が、なぜこういう肉筆画を残したのか、謎が多い。のちに野口冨士男（一九一一〜九三）が書いた小説『相生橋煙雨』（一九八二）は、藤牧の生涯をたどりながら、その謎を探ろうとするものであった。

藤牧だけでなく、小野忠重の作品などもそうだが、新版画集団の近代都市風景のとらえ方は、ドイツ表現主義の画家たちを思い起こさせる。

一九〇五年、ドイツのドレスデン工科大学建築学科の学生だったヘッケル（一八八三〜一九七〇）、キルヒナー（一八八〇〜一九三八）、シュミット＝ロットルフ（一八八四〜一九七六）らが、「ブリュッケ」（橋）というグループを結成し、これがドイツ表現主義を代表する美術運動となった。藤牧らの画風は、「ブリュッケ」がめざしたものとも、かなり近いものである。

そもそも、西洋絵画の名作を思いつくままあげていっても、橋の絵はあまり思い浮かばない。しかし、西洋では、風景画のなかに橋が描かれる頻度は日本の絵画に比べれば非常に高く、それは西洋で目にする日常の風景のなかに、橋というものが占める割合の大きさを物語っているといってもいいのである。

西洋の橋の絵といえば、フランスのカミーユ・コローやアルベール・マルケなどに優れた作品が数多くあるのだが、いま、私たちの誰もが知っている橋の名作を一つということになると、ゴッホの「アルルのはね橋」（一八八八）あたりが出てくるのかもしれない。橋など描かないゴッホが珍しく橋をモチーフにした作品だ。

そして、もう一人、橋の絵の画家として注目されることはないが、改めて目を向けてみたいのがムンク（一八六三～一九四四）の作品である。複数描いた「橋の上の少女たち」（一九〇〇頃）という作品は、フィヨルドに架かる橋の上で、それぞれに白、赤、緑の服を着た三人の少女が、欄干に拠って静かな水面を見ている絵である。有名な「叫び」（一八九三）も、頭ごと歪んだ人物が立っているのは、フィヨルドに架かる橋の上であった。

実は、「ブリュッケ」を中心とするドイツ表現主義運動に、もっとも大きな影響を与えたといわれているのが、ゴッホとムンクなのである。

「ブリュッケ」という集団名は、仲間の一人が発案して彼ら自身で名乗ったことはたしかだが、どういう意味を込めたものかはわかっていない。シュミット＝ロットルフには、「ドレスデンの橋」という重厚な石橋の絵があり、キルヒナーも橋を描いていて、「ブリュッケ」の画家たちが比較的橋を多く描いたということはいえる。

いずれにしても、橋を描く描かないにかかわらず、彼らは橋というものになにか象徴的なものを感じていたからこそ、「ブリュッケ」と名乗ったのだろう。新大橋のところでは、芭蕉からゴッホまで橋でつながるといったが、ここでは、ゴッホから藤牧義夫までが橋でつながっている。

藤牧の画風を「ブリュッケ」風と呼ぶなら、この系譜に連なる（と私が考える）画家に松本竣介（一九一二〜四八）がいた。実際には藤牧と一歳しか年が違わず、まったくの同世代だが、活躍期がやや遅く、本格的に絵を描き始めたのは、藤牧が姿を消す前後からである。画家としての最盛期は戦争中で、戦後間もなく三十六歳で死去した。忘れられていた藤牧と違って、松本は戦後の洋画ファンの間で高い人気を保ってきた画家である。

松本も近代都市風景、ないしは日本にある西洋的な都市風景に惹かれた画家であったが、橋の風景も数多く描いた。

その多くは、たとえば「Y市の橋」（一九四二）、「鉄橋近く」（一九四三）、「運河風景」（一九四三）のように、工場地帯のどぶ川に架かる鉄臭く、コンクリート臭い橋ばかりである。松本は、そういう題材を、瑣末《さまつ》な要素を一切カットして、強い造形力で深々ととらえ、心に響く詩的な風景に変えてしまう、不思議な画家であった。

洲之内徹（一九一三〜八七）は、昭和五十年（一九七五）ころ、ある画家と一緒に松本竣介の絵のモデルとなったと思われる場所を、たんねんに巡り歩いている。歩いてみて、横浜と思われていたものが神田だったり、下落合といわれていた景色が五反田だったというようなことがわかってきた。洲之内は、例によって興味深い寄り道をしながらではあるが、調査の経過を淡々と述べている。なかに、こんな一節があった。

私はこの稿のために竣介の風景の原景を写真に撮りに歩き、現場の見取図の地図をかきに行き、それもたいてい一度ではうまく行かず、二度も三度も出直して行くうちに、自分がどこへ行っても必ず川や橋梁《きょうりょう》や道路をかかされるのに気がつき、そして、橋が川を横切る角度（橋というものは必ずしも川に直角に架っているとは限らない）、川岸のカーブの曲り具合などを見届けようとして苦労するうちに、そういうものこそが竣介の視覚的興味を強く惹きつけたのにちがいないと信じるようになった。彼は川面《かわも》に枝を垂れている柳だの、水面に映る夕空の残照だの、木の間がくれに見える白や黄色の壁だの、そういうピトレスクなものには全く興味を示していない。人工の構造物の配列と組み合わせだけが、いうなれば彼のポエジーに適《かな》うかのようである。

洲之内徹「松本竣介の風景」（『気まぐれ美術館』）

体感的に把握した松本竣介の風景画の性格が、まざまざと語られている。

洲之内はこの「松本竣介の風景」で、橋というものに特別注目してはいない。彼の一連の美術随想を、私はおおかた読んでいるが、そのなかにも、橋をテーマにしたものはなかったように思う。ただ、最近になって手にした『洲之内徹文学集成』という本のなかで出合った、昭和十四年（一九三九）ころに書いたという「丁玲の家」という文章は、いささか橋にかかわりのあるものであった。洲之内二十六歳ころのエッセイである。

当時、彼は北京である仕事についていて、はじめはホテルに滞在していたが、同僚が暮らしている下宿に引っ越した。その下宿で同僚が借りていた部屋に、以前は中国の女流作家丁玲（一九〇四〜八六）が住んでいたというのである。

丁玲は、作品を発表するたびに話題を呼んだ才能豊かな作家であったが、共産党員として雑誌の編集をしたり、労働者の文化工作などに従事して苦闘した末に、やがては反党分子とされるなど、中国の政治情勢の変化に翻弄された人物の一人であった。だが、洲之内の書いていることは、丁玲とは直接関係がない。下宿の窓からの眺めと、アポリネール（一八八〇〜一九一八）の詩「ミラボオ橋」を読んだこととの、関連があるといえばあり、ないといえばないような話である。


河といっても、鳥渡《ちよつと》した溝川《どぶ》で、そのうえ、冬は水が枯れて、ひどくみすぼらしいのだけれどもそこを流れる水の源は玉泉山で、什刹海北海等をめぐって来るのだということである。葉の落ちた梢の美しい槐樹《えんじゆ》と楊柳の並木が、その河っぷちにずっとつづいていて、そのあたりの家並の甍も、まだ古い北京のおおどかな面影を止めているようにおもわれた。河にはところどころ石の橋がかかっていて、細い鉄の手摺などが、危うげにめぐらされていた。

洲之内徹「丁玲の家」(『洲之内徹文学集成』)

これは窓からの眺めそのものの描写ではないが、下宿の窓からはそのあたりが見え、洲之内は、「河に向った窓からの眺めは、却々に快いものであった。窓際によると、斜下に見える橋のたもとの日溜りには洋車ひきたちが客を待ち乍らお喋りをしたり居眠りしたりしていて、荷車につながれたまま休んでいる驢馬が、ときどき、とても動物の声だとは思われない金切声で鳴き叫んだりする。葬式や結婚式の行列が橋を渡って来たり、馬に乗った将校が、槐樹の並木の下を、馬を駆けさせて行ったりした」という、川と橋をめぐる景色を楽しんだのである。

洲之内にとって、北京で読んだ「ミラボオ橋」は、そういう風景とどこかで響き合っているのであった。

ミラボオ橋の下をセエヌ河が流れ
われらの恋が流れる
わたしは思い出す

悩みのあとには楽しみが来ると
日が暮れて鐘が鳴る
月日は流れ私は残る

前同

続きは割愛するが、「丁玲の家」には、全篇が引用されていた。翻訳者は洲之内自身なのか、訳者名は記されていない。「ミラボオ橋」を北京で読み、北京の風景と結びついてしまっているというのは、珍しい話である。

ちなみに、この詩は一九一二年、アポリネールが恋人マリー・ローランサン（一八八五〜一九五六）との破局が決定的となった直後につくった。マリーの方の愛が冷めてしまったのである。失恋の詩のようでもあり、愛し合っていたころを回想した詩のようでもある。

パリも橋の町といってよいのだろう。だが、セーヌ川とそこに架かる橋は、あまりにパリの人々の生活に溶け込んでいるせいか、案外に橋をめぐる目立った文学的逸話は多くないようである。「ミラボオ橋」がひとり名声を博している所以だ。アポリネールよりずっと古い詩人になるが、アルチュール・ランボー（一八五四〜九一）に、セーヌ川の橋をモチーフにしたと思われる「橋」という詩がある。作者が、橋の上で、いくつもの橋の続く風景を見ている散文詩だ。

水晶でできた灰色の空がいくつかある。橋のかずかずについての奇妙なデッサン。こちらのものは、まっすぐで、あちらのものは、中間が円く高まっている。また、ほかのあるものは、最初の橋のうえに、さまざまな角度から斜めに降りてきている。そして、これらの橋の形は、河の水路の明るく照らされている別の屈曲部において、さらに同じふうに繰返されている。しかし、橋はすべて非常に長くまた軽やかなので、円屋根のある建物を重そうに載っけている両河岸は、低くなり、また小さくなっている。これらの橋のなかのいくつかは、まだ、昔のあばら屋を載せたままである。また、ほかのいくつかは、旗竿や信号柱や力のない欄干を支えている。さまざまな短調の和音が、おたがいに交叉し、静かにねっとりと流れている。かずかずの弦の音が、土手で高まっている。一人の赤い上着が見わけられるが、どうやら、ほかの人たちの衣服やいくつかの楽器も見えるようだ。あのひびきは、流行の歌なのだろうか、それとも、領主の催す音楽会の切れっぱしなのだろうか、あるいは、公衆の讃歌のおあまりなのだろうか？　水の流れは、灰色であって青色、入り海のように広広としている。

ひとすじの白い光線が、空の高みから落ちてきて、この喜劇を消滅させてしまった。

アルチュール・ランボー「橋」（清岡卓行訳『新篇ランボー詩集』）

一八七〇年代の前半に書かれたものと思われるが、橋と両岸の建物とを構成的にとらえたうえで、どこかの橋の上で行われている音楽の演奏、そのあえかなにぎわいが、聞こえていたと思ったら、なにか幻のように消えてしまった、というものだ。「ミラボオ橋」よりも、はるかに橋そのものが存在している詩である。

詩のなかに「これらの橋のなかのいくつかは、まだ、昔のあばら屋を載せたままである」というところがある。ヨーロッパの橋は、フィレンツェのポンテ・ヴェッキョ式に橋の上に商店などが建っていたものが多かった。なかには六階建ての建物さえあったというから、驚く。それがしだいに取り除かれていったのである。

数年前に、トルコのイスタンブールで、有名なガラタ橋を見たが、この橋は橋の上ではなく橋の下にぶら下がるように店が並んでいた。そのうえ、橋の上に釣り人がずらりと並んで釣り糸を垂れていたのには目を見張った。フランスやイタリアの橋ではあまり見られない光景である。

アポリネールの時代にも、建物を載せた橋は残っていたかもしれないが、ミラボー橋に限れば、当時できたての新しい橋（一八九八年完成）であった。橋脚の水面近くに彫像のある、側面から見ると緑色の鉄橋じみた橋で、アポリネールのころは新時代らしいスマートな意匠だったのであろう。

パリの橋の話をもう一つ。セーヌ川のポン・ヌフよりやや上流に、シャンジュ橋（両替橋）という、シテ島と右岸をつなぐ橋が架かっている。この橋が最初に架けられたのは、九世紀ころと古いが、一三〇四年に再建されたとき、橋の上にずらりと両替商が並んだために、両替橋の名がついたようだ。一八三〇年ころにコローがこの橋を描いているが、そのころはもう橋の上に建物はみられない。だが、十七世紀ころから毎週水曜日と土曜日に、橋の上で木と花の市が立つようになっていたというから、そうした催しは十九世紀ころになっても続いていたのではないだろうか。

ポール・フォール（一八七二〜一九六〇）が二十世紀初頭に書いた詩「両替橋」の、「ポン・トオ・シァンジュ、花市《はないち》の晩。」で始まる描写は、橋から河岸の花が見えるだけでなく、橋の上にも花市が立ち、にぎわっているように読めるのである。

……その風薫《かを》る橋の上、ゆきつ、もどりつ、人波《ひとなみ》のなかに交つて見てゐると、撫子《なでしこ》の花、薔薇《ばら》の花、欄干《らんかん》に溢れ、人道のそとまで、滝と溢れ出る。花はゆかしや、行く人の裾《すそ》に巻きつく、足へも絡《から》む、道ゆく車の輪に絡む。

ポール・フォール「両替橋」(上田敏訳『牧羊神』)

パリの橋のありし日のにぎわいを書き留めた、美しい詩である。隅田川が日本のセーヌ川などといわれることがある。だが、川と橋はともかく、街のほうが違い過ぎやしないか。隅田河畔に「パンの会」(一九〇八〜一二頃)の人々が集まったというのも、もうあまりに古い話になってしまった。

時代ものを歩く――平岩弓枝 藤沢周平 池波正太郎

パリはたしかにセーヌ川の町だが、市街を貫流するセーヌ川一本がすべてであり、ほかに運河や水路はほとんどない。現在見られる市中の川は、セーヌのオーステルリッツ橋のあたりから北に伸びているサン・マルタン運河の一本だけではないだろうか。

そこへゆくと、東京や大阪は、いまでも市街に運河や堀割が数多く走っていて、古くから、人々の暮らしと水の近さはパリの比ではなかった。

東京では、墨田区、江東区あたりに江戸時代からあった大小の運河がいまに残り、時代もの小説の格好の舞台として、頻繁に登場する。

運河が出てくるということは、そこに架かる大小の橋が扱われるということだ。隅田川の大きな橋などよりも、堀割や隅田川の支流に架かる中小の橋の方が、庶民の生活の場に近いところにあり、親しまれていたからであろう。もちろん、小説に書かれる運河や橋には、いまはなくなっているものもある。

山本周五郎（一九〇三〜六七）の小説に、おせんという女の生涯を描いた『柳橋物語』がある。柳橋は隅田川に合流する直前の、神田川に架かる橋だ。柳橋は橋の名前であるのと同時に、この界隈の花街を指す呼称になってきたことはよく知られていよう。

山本が小説のタイトルに用いている「柳橋」も、橋というより花街を意味するものであった。神田川には柳橋のほかにも、万世橋、昌平橋、聖橋、お茶の水橋、水道橋等々、昔から親しまれてきた橋が多く、それらは多少場所が移っていたりするかもしれないが、いまも健在だ。

平岩弓枝（一九三二〜）の『御宿かわせみ』シリーズにも江戸の橋がよく出てくる。そもそもかわせみという物語の舞台となる宿は、「柳橋の紅燈から少しはずれて『御宿かわせみ』と小さな行燈《あんどん》が夜霧の中に浮んでみえる」（『御宿かわせみ』上）といった場所にあるのだ。同心の父を失ったあと、かわせみという宿を経営するるいのもとには、与力の家に生まれたが次男坊であるために無役の神林東吾が、親友の畝源三郎などとともに出入りしている。東吾とるいは幼馴染みで恋人同士。『御宿かわせみ』シリーズを通じて関係は進行し、結婚して子どもが生まれるまでに至る。『御宿かわせみ』は、東吾らが、さまざまな事件を解決してゆく捕物帳だ。

さて、『御宿かわせみ』シリーズ中に、「橋づくし」という一話がある。箱崎町の小田原屋が賊に襲われるという事件が起き、東吾と源三郎の活躍で三人組の賊は捕らえられるが、賊の狙っていた小田原屋の土地の沽券状（売り渡しの証文）が見つからない。沽券状は小田原屋の目の不自由な娘おとよが持っていたが、賊に追われて、手代の松之助と舟で逃げるとき、おとよは松之助に預けたという。だが、松之助は賊に刺されて意識不明の重体。松之助が舟で逃げる間にどこかに隠したらしいのだが、それがどこなのか、見当もつかないのである。そこで東吾がある方法を考えた。さわりを読んでみよう。

よく晴れた日、東吾は、おとよとるいを伴って舟で柳原町を出た。

竿をとるのは長助のところの若い衆で、長助もお供をしている。

小田原屋の別宅の近くの南辻橋から舟は小名木川へむかって、深川菊川町沿いに進み、やがて菊川橋をくぐる。

おとよは、ひっそりと耳をすませていた。

「舟がどっちに行ったか、おぼえているだけでいい、教えてくれ。それから、その途中で、どんなことがあったか、つまらないことでも思い出したら、いってくれ」

東吾はおとよの向い側に腰を下して、川の流れをみていた。

猿江橋をくぐる。

「舟は右にまがりません、まっすぐです」

目を閉じたまま、おとよがいった。

小名木川へは入らなかったことになる。扇橋をくぐり、暫く行くと福永橋。

「ここで右にまがったように思います。すぐにもう一つ、橋をくぐりました」

橋は直角にまがった仙台堀にしか、かかっていない。直行しても、左折しても橋はなかった。おとよの記憶は正しいことになる。

崎川橋から仙台堀に入る。

次が、要橋。

「このあたりで、後から声が聞えました。追っ手が追いついて来たのだと思います。そうして……松之助が私のかんざしを抜きました」

おとよの髪から、松之助が、かんざしを抜いたという。

次が、亀久橋。

「長助、舟を止めろ」

東吾が声をかけ、舟に立ち上って、橋の下をのぞいた。

午後の陽が僅かに射し込む小橋の下、ちょうど橋板の真裏に当る場所に、油紙に包まれた沽券状は、しっかりとおとよのかんざしで橋板に打ちつけられていた。

平岩弓枝「橋づくし」(『閻魔まいり・御宿かわせみ』)

ここには、南辻橋、菊川橋、猿江橋、扇橋、福永橋、崎川橋、要橋、亀久橋と、八つの橋が登場する。小説の橋をいちいち現実の橋として確認するつもりはないが、いま、これらの橋のあった場所がどうなっているか、見て歩きたくなった。これらの橋が架かっていたはずの、竪川、大横川、小名木川あたりを、これまでじっくり歩いてみる機会がなかったのである。

地下鉄大江戸線の森下駅で降りて、西竪川橋、竪川橋、新竪川橋、三之橋、菊花橋と竪川に架かる橋を見ていったが、このあたりの橋は、いずれかの時期に同じ工法、デザインで架け替えられたらしく、画一的であまり特色がない。

コンクリートの橋脚を二本もつ桁橋で、橋の横の部分は一様に青いペンキが塗られている。むしろ、認識を改めさせられたのは竪川そのものの方で、狭いよどんだ堀を想像していたのだが、なかなか大きな川であった。それは、その先で見ることになった大横川や仙台堀についても同じで、いずれもたっぷりと水をたたえた、船が行き交っていてもおかしくない、相当な川である。

東西に伸びている竪川に対して、南北に直角に交わっているのが大横川である。大横川とは、江戸城を横に見て走っているところからきた名称だとか。竪川を東に向かって進んでいた私は、大横川に沿って右へ、南下した。

そこで出会う最初の橋が、めざしてきた南辻橋である。『御宿かわせみ』の東吾たち一行は、この橋から出発して南下していった。その通りに川岸を行くと、次は菊柳橋。この橋は昭和五年（一九三〇）に架けられたという説明書きがあったが、そのときに初めてできた橋らしい。次の菊川橋、猿江橋は東吾らの一行がくぐった橋。どちらの橋にも、橋の四隅に、御影石の土台のついた、しゃれた常夜灯のようなものが立っていた。猿江橋を過ぎると、すぐに小名木川と直角に交差する。かまわずそのまま突っ切って、大横川を下って行くと、扇橋、亥之堀橋、三石橋、福寿橋、大栄橋と橋が続いていた。

このうち小説のなかで東吾らがくぐったのは、扇橋と福永橋（福寿橋か）だけである。

亥之堀橋には橋の中央にテラスのようなスペースがとってあり、福寿橋は鉄骨のどっしりとしたアーチのある橋であった。中学生くらいの制服の少女が、福寿橋の上でしばらく水面を眺め、立ち去った姿が印象に残っている。このあたり、どの川の両岸もずっと桜の木が植えてあり、花のころはさぞやと思われた。

大横川は、大栄橋の先で今度は仙台堀川と直角に交差する。ここで東吾たちの舟は右へ、隅田川の方向へ曲がった。すぐにくぐったのが、崎川橋。これは濃いブルーの、目の覚めるばかりに美しい鉄骨アーチをもつ橋であった。仙台堀川は、広大な木場公園の北の縁に沿って流れている。『御宿かわせみ』で東吾たち一行は崎川橋の次に要橋をくぐり、亀久橋で目的のものを見つけるのだが、いまは亀久橋の手前に巨大な木場公園橋が架かり、次に末広橋があって、亀久橋となっていた。

ところが、川の南岸を歩いて行くと、葉桜に埋もれるようにして要橋があった。ただ、橋はあったがその下に水は流れていない。どうやら、いまは埋め立てられた仙台堀川から分かれて南流する大島川東支流に架かっていたのが、要橋だったようである。その先には、やはり仙台堀川から分かれて南流する平久川があり、そこに架かる大和橋を渡って、やっと右手に亀久橋を見たのであった。小説で、松之助が沽券状を裏側に隠した橋である。

現在の亀久橋は鉄骨のアーチ橋だが、上部が屋根でも置けそうに平らな形で、コンテナの骨だけを残したような箱形のアーチは、大横川の福寿橋で見たものと似ている。橋のたもとの石柱には、夜にはなかに明りが点くのか、色つきのステンドグラスがはめ込んであった。これで、『御宿かわせみ』の東吾たち一行の舟を追って、八橋、すべての橋を確認できたわけである。

竪川、大横川、小名木川、仙台堀川などが流れている地域は、住宅と中小の製造業の社屋や工場などで構成されているところで、商店街も見当たらなければ、コンビニなどもほとんど見かけない街であった。しかし、どこを歩いても清潔で、静かで、一人で気持ちのよい橋めぐりができた。

帰りは久しぶりに小名木川河口の萬年橋を渡り、さらに新大橋で隅田川を渡って、浜町から人形町まで歩いた。森下をスタートして三時間ほど歩いたことになる。

萬年橋から近々と見る小名木川と隅田川の合流のさまがすばらしい。萬年橋の風景は、歌川広重が「名所江戸百景」の一枚、「深川萬年橋」に描き、葛飾北斎が「富嶽三十六景」の一枚、「深川萬年橋下」に描いているから、江戸時代には名所の一つであったといっていいだろう。その名所が、いまは忘れられ、人気なく静まり返っているのを見て、惜しい気がした。

橋を冠した作品が比較的多かった作家に、藤沢周平（一九二七〜九七）がいた。『橋ものがたり』という連作や、『夜の橋』など、江戸の橋を背景にした小説がいくつかある。『橋ものがたり』のなかの「小ぬか雨」という作品は、小網町の長屋に住むおすみという女と、罪を犯して逃亡している新七という若者の出会いを描いたものだが、新七をかくまっているために外の様子を見に出るおすみが、こんなふうに書かれていた。

おすみは道に出ると、すばやく左右を見た。東の親爺橋から西の荒布《あらめ》橋まで、俗に照り降り町と呼ばれる町筋が、ほぼ一直線に見渡せる。

藤沢周平「小ぬか雨」(『橋ものがたり』)

人の気配がないことを確かめて、おすみは長屋に引き返そうとするのだが、彼女がそのあとに目にする光景に、橋が非常に効果的に使われている。

おすみが引き返そうとしたとき、親爺橋の橋袂に、不意に人が立ち上がった。人影は二人で、橋から黙っておすみを見ている。黒い人影だった。おすみは、ぞっと水を浴びたような気持になった。

前同

「小ぬか雨」には、おすみと新七の別れの場となる思案橋も登場する。親爺橋、荒布橋、思案橋とも、かつて神田川につながる運河に架かっていた橋だが、いまは運河そのものとともに姿を消した。

藤沢の『夜の橋』では、竪川に架かる二之橋、竪川と小名木川の間にあった六間堀の弥勒寺橋、小名木川の高橋などが舞台になっている。このうち、六間堀とともに弥勒寺橋は消えたが、二之橋と高橋は現存している橋だ。今度、『御宿かわせみ』の橋めぐりをしていて、高橋を見たが、橋の名に「たかばし」と仮名がふってあった。

その「たかばし」を見て思い出したのが、池波正太郎（一九二三〜九〇）の「剣客商売」シリーズの一編『待ち伏せ』を読んだときのことである。小説の方にも、「高橋」に、わざわざ「たかばし」とルビがふられていたのだ。なるほど「たかはし」とは読んでほしくないのだな、と思ったのでよく覚えている。

それがどんな場面だったのかと思って、『待ち伏せ』を読み返してみたら、高橋にそれほど重要な意味はなく、ちょっと道の説明に用いられていただけであった。それよりも、以前読んだときには気にもとめなかったが、この小説は、江戸のあちこちの橋が数多く出てくるものであった。

「剣客商売」シリーズは、ご存知の通り、秋山小兵衛と秋山大治郎という卓越した剣客親子が主役でさまざまな事件を解決してゆく話だが、『待ち伏せ』は、六間堀に架かる猿子橋の上で、秋山大治郎が親の敵に間違えられて襲われるところから始まる。中盤では、目黒川に架かる太鼓橋（相唐橋）の上で、大治郎が両側から迫る敵と闘っており、後半では仙台堀川に架かる海辺橋で、秋山小兵衛が暴漢とあざやかな立ち回りをする場面があった。『待ち伏せ』における橋の意味は、逃げ場の少ない橋という場所で待ち伏せされ、襲撃されるというところに、もっとも先鋭に表れているようだ。

夜の橋で秋山大治郎が待ち伏せされる、小説の冒頭は、こんなふうである。

時刻は、五ツ半（午後九時）ごろであったろう。

いまにも雨が落ちてきそうな暗夜であった。

いま、秋山大治郎《あきやまだいじろう》は、本所《ほんじょ》の竪川《たてかわ》と深川の小名木川《おなぎ》をむすぶ六間堀川《ろっけんぼり》の南端にかかる猿子《さるこ》橋へさしかかった。

借り受けてきた提灯《ちょうちん》を右手に持ち、長さ五間《けん》、巾《はば》二間の猿子橋の中程まで来た大治郎の足が、ぴたりと止まった。

橋の向うの西たもとは、右が幕府《こうぎ》の御籾蔵《おもみぐら》。左は深川・元町の町家だが、いずれも表戸を閉《た》て切っている。
この道を行けば、間もなく大川《おおかわ》(隅田川《すみだ》)へ突き当る。
(はて……?)
前方の闇の底に、何やら蠢《うごめ》くものの気配が大治郎に感じられた。
(だれかが、隠れている……)

池波正太郎『待ち伏せ』

猿子橋は六間堀の埋め立てとともに消えたが、目黒川の太鼓橋は石橋になっていまもある。そのほか、『待ち伏せ』には、『御宿かわせみ』の一行もくぐった大横川の猿江橋と仙台堀川の亀久橋、山谷堀に架かっていた今戸橋などが出てきた(いまは埋め立てられて無い)。名前だけだが、千住大橋、両国橋、大川橋(現在の吾妻橋)などにもふれていた。
さりげなく橋の名を出されるだけでも、池波正太郎のファンは、いわば江戸切絵図の三次元の世界にいざなわれるのである。

三、京都、大阪「花街」の橋

「難波橋」　大阪市中央区

風を探しに行く——井原西鶴 与謝蕪村 宇野浩二 富岡多恵子

五月雨《さみだれ》や淀の小橋は水行灯《みずあんど》　西鶴

この句、「水行灯」とは何か、ということばかりに気をとられて読んでいた。結局、「水行灯」とは舟が橋にぶつからないよう、橋脚に下げておく行灯のことらしい、とわかるまでにも時間がかかった。句のなかの「淀の小橋」という部分などは、はじめから淀川のどこかに架かっている小さな橋だろうと思って疑いもしなかったのである。

だが、あるとき、なんとなくこの句が不自然な気がしてきた。大きな橋こそ水行灯が必要だろうに、どうして「小橋」なんだろう、という疑問が湧いてきたのである。もしかすると……。調べてみると、案の定、「淀の小橋」というのは、れっきとした固有名詞だった。

関西の人の憐笑《れんしょう》をかうような話だが、「淀小橋」というものが明治三十年代まであったということをまったく知らなかった。しかも、井原西鶴（一六四二〜九三）の句だから大阪の話と決めつけていたのも間違いで、「淀小橋」の位置は現在では京都の伏見区になっている。京阪電鉄淀駅の北に、「淀小橋旧趾」という石標が立っているとのこと。川の位置が昔とは変わってしまっているが、桂川と合流する宇治川の、宇治川側の河口に架けられていた橋である。長さが七十一間（約百二十七メートル）もあったのだから、決して名前のような「小橋」ではなかった。

与謝蕪村（一七一六〜八三）にも、「鍋さげて淀の小橋を雪の人」という句があるが、これも小さな橋と思っているのと、大きな橋の光景だとわかったあとでは、印象がまったく違ってくる。

京と大坂を往来する三十石船に乗れば、「淀小橋」を必ず側面から近々と見て通るわけである。西鶴も蕪村も、船の上から何度も、この橋を眺めて通ったことであろう。西鶴の「五月雨や淀の小橋は水行灯」の季節はいまの六月ころと考えていいわけだが、この句には、水に濡れるような実感があり、いかにも肌に涼しさを感じさせるようなところがある。夏の大阪では、東京などではあまり強くない、橋は涼むところという観念が一般に強くあったようだ。岡本かの子（一八八九〜一九三九）の短文「橋」の冒頭に、こういう文章がある。

涼しさに四つ橋を四つ渡りけり

かういふ俳句があつたと記憶する。これは如何にも大阪の涼みを現してゐる。川や掘割の多い上げ潮には割合にきれいな水のさす浪華の大都市で、橋は好個の納涼台である。而も大阪の橋涼みは小橋の方に趣がある。

岡本かの子「橋」(『岡本かの子全集』第十二巻)

「四つ橋」とは、西横堀川と長堀川が十字に交わるところの、それぞれの河口に架けられた橋がつながって四角形をなすような具合になった、珍しい橋のことである。

心斎橋の数百メートル西、いまの地下鉄四つ橋駅のところに、かつてあった。上繋橋、下繋橋、炭屋橋、吉野屋橋の四橋。昭和二、三年ころ、それまで木の橋だったのが、鉄筋コンクリート橋に架けかえられた。一つの橋の上に立てば、三つの橋の景色が見渡せたのだから、橋涼みには絶好の場所であったに違いない。大阪でだれ知らぬ者のない名所としてにぎわい、昭和四十年ころまで存在していたとなると、大阪には、いまでもこの橋を見た人がいくらでもいるわけである。界隈の名産に「四つ橋煙管」というものがあり、煙管《きせる》屋が軒を連ねていたという。

引用されている句は、小西来山(一六五四～一七一六)の作として知られているが、すでに来山在世中に、盤水（生没年不詳）という俳人の作として『花見車』に収められている。

『花見車』（高島轍士著、一七〇二刊）は、俳諧が始まって以来の有名俳人たちを、遊女に見立て、郭《くるわ》ことばで品評した本で、話題を呼んだ俳書であった。来山が、轍士に「いや、それはわしの句だ」と抗議した様子はない。ほかの俳人の句にも来山作になってしまった例はいくつかあるようで、それだけ来山という俳人の人気が高かったということであろう。

少年時代を大阪で過ごした作家に、宇野浩二（一八九一〜一九六一）がいた。彼は大阪の橋の思い出を書いた「橋の上」という短篇を大正九年（一九二〇）に発表している。

そのなかで宇野は、明治の夏の大阪について、「今言つたその氷店が、夜になると、まあそれ等の橋のうちの、主なるものゝ上には必ず、広い橋なら両側に、狭いところなら片側に、ずらりと細長い店を張つたものである。だから、その数は大変なもので、早い話が大阪中の氷屋が、夜になると、一斉に最寄の橋に出店を出すといつたやうな趣である」と、橋の上の氷店の盛況を詳しく書いているが、それだけ大阪で氷店が出るには、それなりの理由があった。

夏の夕方、大阪の夏は東京など〻違つて、日が暮れると大阪中が何かで蓋をされたやうに、ぱつたりと風がなくなるものだから、昼間より尚蒸し蒸しと暑さを覚えるものだから、人々は、老若も男女も、皆家を出て町に風を探しに行く訳で、従つて彼等は大方橋の上にと志すのである。

宇野浩二「橋の上」（『宇野浩二全集』第三巻）

もっとも、いまでは、そんな夏の橋の上の光景は昔語りに違いない。現代の都会ではどこでも、暑ければ橋の上ではなく、エアコンのある室内を志すのである。

ただ、夏にかぎらず、大阪ではいまでも、東京などと違って、橋が街にも人にも親しいようだ。橋に親しいというより、水に親しいというべきかもしれない。実際に、大阪の川は、水面が高く、そばを歩く人に匂い、大きな橋の橋脚もたっぷりと水につかっている。

うらやましいのが道頓堀の橋、とりわけ戎《えびす》橋で、繁華街の真ん中にあるから、始終にぎわっている。にぎわっているばかりでなく、どちらから歩いていっても、あの橋にさしかかるとほっと一息、気持ちの変化を感じることができるのだ。大阪の人にとってもそういう橋であるらしく、大阪生まれの詩人富岡多惠子（一九三五〜）が、こう書いている。

大阪へきても、用がすむとさっさと新幹線にとび乗ってしまうことが多いが、時間があって散歩（?）するところといえば、やはり道頓堀のあたりだ。心斎橋を「おのぼりさん」らしくキョロキョロ歩いて、戎橋のところにくるといつもホッとして、急に「大阪の子」の気分になるから不思議である。

富岡多恵子「道頓堀」（『大阪センチメンタルジャーニー』）

東京でも、銀座の数寄屋橋や三原橋などはそういう橋だったのだろうが、いまはみんななくなってしまっている。東京は不思議なくらい、新宿、渋谷、池袋と、いずれも川も橋もほとんどない街が盛り場になった。

大阪では、中之島に架かる橋をめぐっていると、ノートルダム寺院もカルチェ・ラタンもないが、パリにいるような気分になる。いや、せっかくシテ島（中之島）があるのだから、もっとパリのような雰囲気があればいいのに、というのが正確なところだ。レンガ色の中央公会堂を正面に見て、栴檀木橋を渡って行くと、水がゆったりと橋をつつんでいて、ほかの都市では体感できない景観に浸ることができる。パリを思わせるのは、景色だけではない。たとえば、戦後になってから、林芙美子が「大阪紀行」（一九五一）という文章に、こういうことを書いている。

私は、巴里で、一年ほど暮したことがあるが、二粒の馬鈴薯を買うにも恥かしくなかったし、一本の葱でも、気持ちよく売ってくれた。大阪の生活をみていると、なんとなく巴里的で、言葉の音色も、仏蘭西語に似ている。人の顔を見るのに機敏で、心づかいもこってりしている。銭勘定というものが、はっきりしているせいか、金で、かたをつけるきらいもあるが、かえって、そうしたことが、さっぱりしていいのかも知れない。

林芙美子「大阪紀行」（『日本随筆紀行』第一七巻）

淀川をセーヌ川にたとえるなら、さしずめポン・ヌフに当たるのは難波橋、適塾がソルボンヌ大学といったところか。難波橋はたびたび修理架け替えが行われていて、ポン・ヌフとは比べられまいが、大阪を代表する橋として大切にする伝統は受け継がれており、四隅の親柱に鎮座する阿吽のライオン像は健在だ。十七世紀以来、浪速のにぎわいの中心になってきたのは、この橋である。

江戸時代後期の大坂に暁晴翁（一七九三〜一八六〇）という人物がいた。京町にあった醤油醸造元の息子に生まれ、のち心斎橋で京の有職《ゆうそく》調度品などを商う傍ら、絵を描き、著述を手がけた趣味人である。

おそらくは、狂名（狂歌用の号）であったと思われる暁鐘成を、絵画作品の署名にも用いていた。絵には「澱川両岸勝景図会」や自作の戯作の挿絵などがあり、著書には『浪華の賑ひ』などという楽しげなものから、『蒹葭堂雑録』や『松永貞徳伝』などというものまであって、端倪すべからざる学識の持ち主でもあったのである。晴翁の著書のひとつ『雲錦随筆』に、難波橋にかかわる次のような記事があった。

栄枯浮沉《えいこふちん》は世《よ》のならひにて因縁果報《いんえんくわほう》の為所《なすところ》といふべきか、享和《きやうわ》三亥年《いどし》の夏《なつ》、其始《そのはじめ》は浪華新町廓《なにはしんまちくるは》にて、桜木太夫《さくらぎだいふ》と称《よば》れし全盛《ぜんせい》の傾城《けいせい》たりしが薄命《はくめい》にして世《よ》に零落《おちぶれ》、大川《おほかは》の三大橋《さんだいきやう》たる難波《なには》ばしの南詰《みなみづめ》にて納涼《すゞみ》の床《とこ》をならべ醴《あまざけ》を売《うり》て活業《すぎわひ》とせしが、其成行《そのなりゆき》世《よ》に隠《かくれ》なく、誰《たれ》いふとなく太夫《たいふ》甘酒《あまざけ》と名《な》づけ、殊更《ことさら》に繁昌《はんじやう》しける、或俳師《あるはいし》の句《く》に。

花《はな》はむかし名《な》は桜木《さくらぎ》の一夜《ひとよ》ざけ

暁晴翁『雲錦随筆』（『日本随筆大成』③）

大坂では名の知られた遊女が、落ちぶれたあと、暮らして行くために難波橋のたもとで甘酒屋をやっていたが、あの甘酒屋は昔鳴らした遊女だったらしい、というので評判になり、おおいに繁盛したというのである。

句の「一夜ざけ」とは、甘酒が今日つくれば明日には飲めるものであることを指していっている。享和三年（一八〇三）といえば、晴翁にとっていにしえの話ではなく、十歳のころに実際に見聞きしたことだ。

現在の難波橋は、中之島をはさんでかかっているため、橋が南北二本に分かれているが、かつて中之島の先端はもっと下流にあり、難波橋は一本の橋として架かっていた。木の橋で、約百九十メートルもあった江戸時代の難波橋は、さぞ見事な橋だったことだろう。夕涼みや花火見物に絶好の場所となり、橋のたもとがにぎわったというのも、うなずける。

いや、パリを思わせるというなら道頓堀のほうだ、という詩があった。安西冬衛（一八九八〜一九六五）が昭和二十七年（一九五二）に発表した「大阪の朝」。安西は奈良市生まれ、二十一歳のときに父親の赴任先の中国・大連に渡り、この地で詩作を始めるが、翌年関節炎を患って右脚を切断するという不幸に見舞われている。一九三四年に帰国したあとは、大阪に住み、同地で没した。

川に張り出した道頓堀の盛り場は、仇女の寝くたれ姿のように、たくましい家裏《やうら》を
まざまざと水鏡に照し出している。
太左衛門橋の袂《たもと》。

舟料理の葭すだれは、まき上げられたままゆうべの歓楽の名残をとどめている。

宗右衛門町の脂粉の色を溶かしたのであろうか、水の上に臙脂《べに》を流す美しい朝焼けの空。

だが、宵っ張りの町々は目ぶた重く、まだ眼ざめてはいない。

「朝は宮、昼は料理屋、夜は茶屋……」という大阪の理想である生活与件。そのイの一番に大切な信心の木履の音もしない享楽の街の東雲《しののめ》。

瓦灯《がとう》が淡くまたたいている。

私は、安井道頓の掘ったこの掘割に目をおとして、なんとなく、

——どおとん。

と、つぶやく。そしてフッと
——秋《ドオトンヌ》
というフランスの言葉を連想する。

左様、巴里の空の下をセーヌが流れるように、わが大阪の生活の中を道頓堀川が流れているのだ。

間もなく秋が来る。


安西冬衛「大阪の朝」（『安西冬衛全集』第四巻）

印象深い橋の絵を残している画家に、大阪に生まれ、大阪で活躍した洋画家小出楢重（一八八七〜一九三一）がいる。彼がどれだけ橋のモチーフに重きをおいていたかはわからないが、一九一五年に「道頓堀の夕陽」という、橋を中央に据えた作品を描き、パリ留学をはさんで十年後に、「雪の市街風景」と、「街景」という橋の出てくる絵を描いた。

「道頓堀の夕陽」に描かれた橋は、道頓堀にあって大勢の人が渡っている木造の橋であるところをみると、おそらく太左衛門橋ではないかと思う。まだ江戸時代の匂いを残す大阪の、灯《ひ》ともしごろの歓楽街のにぎわいが、橋を中心に、渾然と湧き出すさまがとらえられた作品だ。

「雪の市街風景」は、小出がパリから帰って仲間たちと興した信濃橋洋画研究所のあった、信濃橋を俯瞰して描いたものだ。その後、西横堀川が埋め立てられ、信濃橋は失われてしまっているが、小出の絵からは、市電も通っていたかつての信濃橋交差点の、都会らしい雰囲気が濃厚に伝わってくる。

画面には、日本人の油絵には稀なフランス風の気分さえ漂っているようだ。この点は「街景」も同じ。こちらは中之島の堂島川を描いたもので、中央に見えるのが渡辺橋、その先にあるのが田蓑橋だという。私などには、大正時代の大阪というものを想像できないが、右岸に倉庫であろうか、低く黒い和風建築がずっと並んでいるのを見ると、いかにも江戸時代から、米穀取引の一大中心地であった大阪らしい風景だ、などということを思うのみである。

小出は谷崎潤一郎（一八八六～一九六五）の小説『蓼喰ふ虫』の挿絵を描いたことでも知られているが、その挿絵の一コマ、戎橋のにぎわいの場面が、二〇〇八年、戎橋の北側の欄干に取り付けられた銘板に採用された。また、小出自身が、随筆の名手でもあり、大正時代の上方の雰囲気をさまざまに書き遺している。「街景」に描いた中之島あたりの風景についても、こんなふうに述べていた。

大阪の近代的な都市風景としては、私は大正橋や野田附近の工場地帯も面白く思うが、中央電信局中之島《なかのしま》公園一帯は先ず優秀だといっていい。なおこれからも、大建築が増加すればするだけその都会としての構成的にして近代的な美しさは増加することと思う。

小出楢重『小出楢重随筆集』

パリを見てきた小出が、こういっているのである。彼はまた、都市の美観ということについて、次のようなことも述べていた。共感できる見方である。

私は本当の都市の美しさというものは汚いものを取り捨て、定規《じょうぎ》で予定通りに新しく造り上げた処にあるものでなく、幾代も幾代もの人間の心と力と必要とが重なり重《かさな》って、古きものの上に新しきものが積み重ねられて行く処に新開地ではない処の落着きとさびがある処の、掬《すく》い切れない味ある都市の美しさが現れて行くのだと思っている。

前同

名残の橋づくし――近松門左衛門 清少納言 三島由紀夫 岡本太郎

大坂、遊女、橋とくれば、近松門左衛門(一六五三〜一七二四)の傑作のひとつ、『心中天の網島』(道行「名残《なごり》の橋尽し」)にふれないわけにはいかない。

『心中天の網島』は、近松が、大坂網島の大長寺で実際に起こった心中事件を脚色したものである。大坂天満の商人紙屋治兵衛は、おさんという貞淑な妻がいながら、曽根崎新地の遊女小春と恋仲となり、心中の約束をし、それを阻止しようとする周囲の配慮が裏目裏目に出て、ついに二人は手に手を取って情死を遂げてしまう。

心中に向かう二人の歩みに沿って、心の内を述べるくだりを「道行」というが、小春・治兵衛の「道行」は、「名残の橋尽し」といい、ことごとく大坂の橋にひっかけて述べられた珍しいものだ。浄瑠璃の謡本としての符号を取り除いて、文章としてその一部を引いてみる。

頃は十月。十五夜の月にも見えぬ。身の上は。心の闇《やみ》のしるしかや。今置く霜は明日消ゆる、はかなき譬《たとへ》のそれよりも、先へ消え行く閨《ねや》の内。いとしかはいと締《し》めて寝し。移《うつ》り香《が》も、なんと。ながれの。蜆川。西に見て。朝夕渡る。この橋の天神橋《てんじんばし》はその昔。菅丞《くわんしようじやう》相と申せし時、筑紫《つくし》へ流され給ひしに。君を慕ひて太宰府《だざいふ》へ、たつた一《ひと》飛《と》び梅田橋《うめだばし》。あとおひ松の緑橋《みどりばし》。別れを嘆き。悲しみて、後《あと》にこがるゝ。桜橋《さくらばし》。今に話《き》を聞渡《わた》る。一首の歌の御威徳《おんゐとく》。かゝる尊《たつと》きあら神《かみ》の。氏子《うぢこ》と生れし身を持ちて。そなたも殺し我も死ぬ。

近松門左衛門「名残の橋尽し」（『完訳 日本の古典』第五十六巻）

道行はなおも続き、あげられている橋は全部で十二橋。ここまでに天神橋、梅田橋、緑橋、桜橋と四つの橋が出てくる。四橋のうち、天神橋を除いて三橋ともいまはない。現在の堂島川の北側を流れていた蜆川が埋め立てられてしまったからである。小春が抱えられていた紀の国屋のある曽根崎新地は、蜆川の北側にあった。

「名残の橋尽し」は、治兵衛と小春が橋から橋へと逃れて行く様子が語られているのかというと、必ずしもそうではなく、橋にひっかけて語ろうとしているのは、あくまで心中に赴く二人の来し方行く末に思いを馳せる切ない心の方だ。

彼らの心の迷いのように、橋の場所は行ったり来たりする。だが、登場する橋はいずれも、二人の生活の場とかかわりのある橋ばかりである。ちなみに、先の四橋以外の橋を原文通りに記せば、しゞみ橋、おほ江橋、難波小橋、舟入橋、堀川の橋、てんま橋、きやう橋、をなり橋。

それにしても、近松はこの「橋尽し」という趣向をどこから思いついたのであろうか。あるいは清少納言の『枕草子』の、いわゆる「ものはづけ」にみえる、「橋は」の一条であったかもしれない。根拠はないが、近松の「橋尽し」のあげているのが十二橋、『枕草子』が数えたてているのも十二橋であるところなどからも、両者の関連が浮かんできそうだ。武家出身の教養人であった近松は、『枕草子』を読んでいたであろう。「橋は」を引いてみる。

橋《はし》はあさむづの橋《はし》。長柄《ながら》の橋《はし》。あまびこの橋《はし》。浜名《はまな》の橋《はし》。一《ひと》つ橋《ばし》。うたたねの橋《はし》。佐野《さの》の舟橋《はし》。堀《ほり》江の橋《はし》。かささぎの橋《はし》。山すげの橋。をつの浮橋《うきはし》。一すぢ渡《わた》したる棚《たな》橋《はし》、心せばけれど、名を聞《き》くにをかしきなり。

清少納言『枕草子』六四（『日本古典文学大系』19）

これらの橋のうち、長柄の橋、浜名の橋、佐野の舟橋、堀江の橋などは歌枕として、あるいは実在の橋として知られている。だが、そのほかはどこの橋をいったものともわからないようだ。清少納言自身も、こういう橋があると、話に聞いていただけの橋をあげているのかもしれないのである。

もっとも、橋を数えたてることは、『枕草子』などを持ち出すまでもなく、大坂の人々にとっては、日常当たり前のことであったかもしれない。行く先を告げるにも、住所を教えるにも、橋の名前を用いていたであろうことは、想像がつく。

須賀敦子（一九二九～九八）の「橋」には、ヴェネツィアの橋のところでもふれるが、このやや長いエッセイで、彼女は、「ヴェネツィアの大小の運河や水路にかかる橋をつぎつぎに渡っていて、自分が『天の網島』の橋づくしの人形になったような錯覚に私はとらわれていた」と書き、近松と大阪の橋の話にまでおよんでいた。大阪の船場で暮らした祖母を看取ったあと、須賀は大阪の川と橋を歩いている。

高麗橋《こうらい》、今橋、淀屋橋《よどや》。土佐堀、横堀、道頓堀《どうとんぼり》、堂島川。祖母がする大阪の話には、よく水路の名が出てきた。近松が「名残の橋づくし」でかぞえあげているように、堀や川、それにかかる橋は、大阪の町人にとって日常と非日常すべての基点となる大切な指標だった、と読んだことがある。そして、船場をとりかこむ水路とそれを花かんざしのように飾っていた橋の名は、結婚してそのなかに住むことになった祖母にとって、この選ばれた空間を、「じだらくな」外敵からまもってくれる忠実な番犬に似ていた。

須賀敦子『地図のない道』

橋には、この世から彼岸に渡るもの、という観念があり、近松の「名残の橋尽し」でも、あの世へ行こうとしている治兵衛と小春にとっては、橋はまさにあの世に通じるものであった。しかし、彼岸への橋なら、一つで十分であろう。十二も数えたてることはない。そこが、いまはまだ生きている二人の「名残」なのである。「名残」とは、この世を生きた思い出だ。

ここで、大阪から舞台を東京に移すことになるが、昭和三十一年（一九五六）、三島由紀夫（一九二五〜七〇）が、近松の「名残の橋尽し」にヒントを得て、『橋づくし』という小説を書いている。

自ら「私のほとんど唯一の花柳界小説」といっている通り、物語は、二人の芸者と料亭の娘の三人がそれぞれ願いごとがあって、願《がん》かけのために一緒に七つの橋を渡るというもの。願かけに選んだ橋というのが当時はかろうじて残っていたが、その後あるものは陸橋となりあるものは姿を消した、今は埋めたてられた築地川に架かる橋であった。小説の取材のために、橋を見て歩いた三島は、こう書いている。

もともと近松の名残の橋づくしのパロディーを作るつもりで、築地近辺の多くの橋を踏査に行つた私だが、予想以上にそれらの橋が、没趣味、無味乾燥、醜悪でさへあるのにおどろいた。日本人はこれほど公共建造物に何らの趣を求めないのか、と今更ながら呆れ返つた。

三島由紀夫「『橋づくし』について」（『三島由紀夫全集』30）

話は、二人の芸者、四十二歳の小弓、二十二歳のかな子と、二人が出入りする料亭の娘満佐子、それに満佐子のお付きの女中みなの四人が、新橋の満佐子の家で待ち合わせをして、願かけの橋めぐりに向かうのである。年増の小弓はもっと金持ちになれますように、かな子はいい旦那がつきますように、満佐子は俳優のRと一緒になれますようにというのが、願いごとであった。満佐子だけは芸者ではなく、箱入り娘で、早稲田大学の芸術科に通っている。

願かけの橋めぐりには、家を出た後は七つの橋を渡り終えるまで一言も口をきいてはいけない、同じ道を二度歩いてはいけないという決まりがあった。たまたま知人に出あわして、あいさつをしてしまっても、駄目なのである。渡る橋とコースは、小弓が任され、あらかじめ決めてあった。橋では渡る前に手を合わせ、渡ったあとに手を合わせる。

最初の橋は、三吉橋。これは中央で三叉になっている珍しい橋で、銀座の方から歩いてくると、橋の真ん中で道が左右に分かれている。選んだ小弓は、「三吉橋《みよしばし》からはじめるのよ。あそこなら、一度に二つ渡れる勘定でせう。それだけ楽ぢやないの。どう？　この頭のいいこと」と自慢していた。

三吉橋を二つに数えて、三つ目の橋は築地橋。その前から腹痛を起こしていたかな子は、この橋を渡ってひどくなり、早くも脱落。第四の入船橋、第五の暁橋を渡ったあと、小弓は親しくもない老妓に声をかけられて、いまいましい気持ちで断念した。満佐子ひとり、第六の堺橋、そして最後の備前橋までたどり着くが、渡ろうとして手を合わせているとき、パトロールの警官に怪しまれ、ついに願かけは三人が三人とも不首尾に終わってしまうのである。知人にも会わず、一言も口をきかずに七つ橋を渡れたのは、満佐子のお付きの女中みな一人、という皮肉な結果になった。

場面場面での女たちの心理が実にこまやかにとらえられていて、しかも近代的な弾力のようなものをもった、切れ味のよい小説である。

橋をめぐって願をかけるということは、昔からある風習なのだろうか、それとも三島の創作だろうか。橋姫伝説、ないしは橋姫信仰というものは、橋姫が幸福な女を嫉妬する女神であるところから、これに祟られないようには祈るが、願いをきいてくれる女神だと聞いたことはない。三島はこの小説を「近松の名残の橋づくしのパロディーを作るつもり」といっているが、それほどパロディーにもなっていない代わりに、近松と関係なしに十分に楽しんで読める小説だ。

『橋づくし』を書いたときの三島の念頭にあったかどうか、沖縄の久高島の神事には「七つ橋」を渡るという儀式がある。地面に置かれた二、三十センチのつくりものの橋を七つ飛び越える、象徴的な所作だが、岡本太郎はそのありさまを次のように書き残した。

二日目のたそがれ、裸足で、黒々とした長い髪をふりみだした白装束の女たちが、何十人も、

「エーファイ!」

と掛声をかけながら、疾走してきて、順々に「七ツ橋」を渡るのだ。

むきだしに粗野、だからこそ、凄い。ドラマティックだ。それは原始の神秘である。橋渡りは祭の最高潮で、女たちは極度に緊張して真青になるそうだ。これによって、人間の女から、ナンチュに変身する。つまりこれは神聖なイニシエーションの儀式なのだ。

岡本太郎『沖縄文化論 忘れられた日本』

三島が『橋づくし』を書いて半世紀余、当時、水の流れていた築地川はゴウゴウと車が流れる道路になった。七本の橋のうち、三吉橋、築地橋、入船橋の三橋だけは、いまも車道をまたぐための陸橋として使われている。私も三吉橋はときどき渡るが、橋の下を走る車の騒音さえ気にしなければ、この橋は、いまでも薄緑色の欄干の美しい、どこか広場の

ような雰囲気をもった楽しい橋だ。

今度、改めて七橋を訪ねて歩いてみると、築地川は入船橋の先で直角に右に曲がっていたらしく、川だった道路に沿って進んだ先は、川を埋め立てたあとが樹木の多い公園になっており、そこに暁橋と備前橋のコンクリートの低い欄干の一部が保存されていた。堺橋だけは何も痕跡が残っていないようである。

女が渡る道頓堀——織田作之助

上司小剣（一八七四〜一九四七）の『鱧の皮』（一九一四）のお文、織田作之助（一九一三〜四七）の『夫婦善哉』（一九四〇）の蝶子、谷崎潤一郎の『細雪』（一九四三〜四八）の四姉妹など、大阪を舞台にした小説のなかの印象的な人物は、いずれも女性である。文学の世界で、一概に東京、大阪とは分けられないが、東京は男の町、大阪は女の町といってみたくなる。

織田作之助は、昭和二十一年（一九四六）、大阪の女三代の生きざまを描いた連作を発表した。『女の橋』、『船場の娘』、『大阪の女』の三作は、それぞれ小鈴、小鈴の娘雪子、雪子の娘葉子をヒロインにしたものだ。

芸者の小鈴は、船場の瀬戸物問屋伊吹屋の若旦那の子どもをみごもり、結婚を夢みているが、番頭が現れてあっさり縁切りをいいわたされる。子どもは取り上げられて、伊吹屋のイトハン雪子として育てられた。小鈴はその後、名古屋などを渡り歩くが、落ちぶれて二十年後に大阪に戻ってくる。雪子が中座で娘道成寺を舞うことになったとき、小鈴は昔の朋輩に頼んで長唄連中に加えてもらい、雪子の踊りの舞台で三味線を弾くが、病み衰えた小鈴はその場でこときれてしまう。雪子は、そこではじめて自分が小鈴の娘だということを教えられ、小鈴に駆け寄るが、すでに母は息をひきとったあとであった。ここまでが、『女の橋』である。

雪子は伊吹屋の丁稚で、弁護士をめざして勉強している秀吉を愛し、二人で東京へ駆け落ちしようとするが、雪子だけ大阪駅で連れ戻されてしまう。秀吉が東京へ出るとすぐ関東大震災が起こり、秀吉が死んだというううわさを聞いて、雪子は北浜へ嫁いだ。

ところが、芸者の子だということが知れて、雪子は婚家を離縁され、結局は芸者になる。五年ほどたったある日、道頓堀の太左衛門橋で、弁護士の夢破れてうらぶれた秀吉と偶然再会するが、秀吉にはすでに妻子があり、はかない再会に終わった。間もなく雪子は妾《めかけ》になり、葉子を産む。やがて旦那からの手切れ金を元手に喫茶店を開き、雪子は女手ひとつで葉子を育ててゆく。以上が『船場の娘』。『大阪の女』は、雪子の娘葉子と、大学を出た船場の薬問屋の息子との駆落ちが筋の中心になっている。雪子はこの駆落ちを敢えて止めずに、二人を送り出した。「駈落ちする娘を送って行く母親がどこの世界にあるだろうか」と思いながら、雪子は葉子を地下鉄で大阪駅まで送って行くのである。

この連作は、船場という大阪のエリート社会の男たちと、彼らの遊び場である宗右衛門町界隈の芸者との酷薄な関係が、軸になっている。船場は、決して芸者やその出身階級などを受け入れることはない。男と女の関係が、受け入れてくれるかのごとき幻想を惹き起こすだけである。

織田作之助は、船場に近づいては跳ね返される、その跳ね返される側を描いた。三作のそれぞれ重要な場面に、道頓堀に架かる太左衛門橋が出てくるが、ここは跳ね返されながら生きてゆく女の心と深く結びついた橋なのである。

道頓堀の夜更け、戸板にのせられて中座の楽屋を出た小鈴の亡骸《なきがら》は、雪子や勝子に附きそわれて、太左衛門橋を渡って行った。

太左衛門橋を渡り、畳屋町を真っ直ぐ、鰻谷の露地裏へ送って行く道々、雪子は、

「うちは阿呆やった。うちは阿呆やった……」

と、呟《つぶや》きながら、自分はもう船場とは何の縁もない人間だという想いが、ふっと頭をかすめた。


織田作之助『女の橋』(『織田作之助全集』5)

もう春が近いのか、川風も何か生暖く、ふと艶めいた道頓堀の宵である。

しかし、先刻から太左衛門橋の上にしょんぼりとたたずんで、カフェや青楼の灯を泛べて流れる水を、ぼんやり覗きこんでいる男の顔は、みるからに寒寒とうらぶれていた。

男は鉛のようにじっと動かず、川風に吹かれていたが、やがて、虚ろな顔をあげてふと振り向いた途端、通り掛った女の顔見て、

「あッ」

向うでも気づいて、

「あ」

と、かすかに声をあげた。

織田作之助『船場の娘』(前同)

娘雪子のために三味線を弾き、その場で死んだ小鈴が南から北へ向かって運ばれる場面と、芸者になった雪子と、昔一緒に駆け落ちしようとした秀吉が再会する場面だ。たまたま太左衛門橋だったわけではない。太左衛門橋は、雪子たちにとっては生活の一部といっていい橋であり、いわばふるさとの橋であった。この橋は、道頓堀の南側に芝居小屋と遊廓が許可された寛永三年（一六二六）ごろに架けられたのではないかといわれるが、ミナミ最大の花街宗右衛門町との通路で、なくてはならないものであり、名前からしても民間の有志による橋であったことがわかる。

狭い木の橋だったものが戦災で消失し、地元の人々によって昭和三十三年（一九五八）に現在の橋に架け替えられたというから、織田が小説を書いた時点では、橋は仮橋かなにかであったとも考えられる。戎橋のすぐ東隣の歩行者専用の橋で、いま大阪を観光で訪ねる人などは、あまり立ち寄らない橋だ。

大阪の花街で生まれ、雪子のような運命をたどった人は昔からいたに違いない。古い話になるが、『雨月物語』（一七七六）を書いた上田秋成（一七三四〜一八〇九）がその一人である。

彼は、曽根崎新地の遊女の子であったといわれ、幼いときから堂島の紙油商嶋屋で育てられた。歯に衣着せぬ辛辣な批評で知られ、自分のことについてもよく書いている秋成だが、出生について一言も語らなかったのは、そのことだけにはふれたくなかったのだろう。
ここで、小説に書かれた大阪の女ということから、女を描いた大阪の作家という話題に切り替えてみると、女を描いた近代文学の名手の一人川端康成も大阪生まれであった。大阪天満の天神橋で生まれた川端は、三歳で開業医であった父を失い、母も四歳で亡くし、祖父母に育てられている。彼は、この孤児となった大阪を思い出したくなかったらしく、相生楼《あいおいろう》裏の自分の出生地を一目見ることさえ拒んだという。ただ、川端は昭和二十二年（一九四七）、『反橋』という短編小説に、幼いときに母（実は母の妹）と大阪の住吉大社の反橋を渡った思い出を書いている。五歳の川端は、この反橋を渡ったら、「大事な大事なお話」を聞かせてあげると母にいわれ、母に助けられて反橋の頂上まで上った。

その橋の上で母はおそろしい話を聞かせました。
母の言葉ははつきりおぼえてをりません。母は私のほんたうの母ではないと言つたのでありました。私は母の姉の子で、その私のほんたうの母はこのあひだ死んだと言つたのでありました。

川端康成『反橋』（『川端康成全集』第七巻）

川端は「私の生涯はこの時に狂つたのでありました」と書いている。それはどういう意味かといえば、次のくだりが明らかにしている。

私の出生が尋常なものではあるまい、生みの母の死が自然なものではあるまいと、やがて疑ひ出すやうになりましたのもしかたのないことでありました。

前同

つまり、川端の生涯を狂わせたのは、孤児となったことではなく、自分の出生に疑いを抱いたことであった。尋常でない出生とはどういうことか、自然でない母の死とはなにを指しているのか。いま、そのことを詮索《せんさく》するつもりはないが、川端の時代には、いわゆる尋常でない出生への、世間の異常なまでの差別があったことはたしかである。むろん、人間に尋常な出生だの、尋常でない出生などという区別が存在するはずはない。

この川端の出生と関連づけるつもりはないが、富岡多恵子の詩に、次のような一節があったのを思い出す。

はてしなくつづくお天気
わたしは
生まれるとすぐ
その橋を渡った
ふたおやが
いせいよく死んでくれても
終らない
ホントのこといってよ
尾花は露とねたという

富岡多恵子「はじめてのうた」（『現代詩文庫15富岡多恵子詩集』）

富岡の大阪での詩の師匠は、小野十三郎（一九〇三〜九六）であった。大阪に生まれ、大阪に暮らした詩人で、詩集に『大阪』がある。ただ、小野は大阪といっても、淀川河口の荒涼とした芦原と工場地帯を繰り返し詩うのみであった。それはのちに、宮本輝（一九四七〜）が小説『泥の河』（一九七七）に描いた世界に近い。小野の詩の一篇を引いておく。

灯が消える。
貸ボートも寝る。
セルロイド工場も真暗になる。
夜更けまで人は橋の上にいる
家の中は蒸し暑くて眠れない。
町の裏手で
大葦原がゆれる。

小野十三郎「葦原拾遺」(『大阪』)

京都灯ともしごろ――炭太祇　近藤浩一路　水上勉　村山槐多

橋に我《わ》が身を投げかけて、渡らせうよの、とろ〳〵と、やれ渡らせう

『松の葉』

なんとも、おもしろい橋の唄である。自分が橋を渡るのだが、まるで他人の体のように、身を投げかけて橋を渡らせよう、というのだ。

「とろとろとろと」は、このころの歌謡に盛んに使われる擬音語、擬態語のひとつで、つづら折れの道を「くるりくるくる」といったり、目つきを「とろりとろり」、砧《きぬた》を打つ音を「はらはらほろほろ」といったりする類いである。ここでは橋を渡る音と姿の両方を表しているようだ。

『松の葉』は元禄時代の刊行であって、収められた三味線歌謡がみんな上方出来とはかぎらないのかもしれないが、この橋の端唄などになると、私にはどうしても京で生まれたものとしか考えられないのである。中世の『梁塵秘抄』以来の、江戸にはない、都ぶりとでもいった味わいが強く流れているからだ。

寒月や我ひとり行く橋の音　　太祇

炭太祇（一七〇九～七一）は江戸の人だが、四十代後半に入って京は島原の遊廓に住みつき、亡くなるまで十七年もの間そこに暮らしていた。遊廓に住む前は、大徳寺の、一休禅師ゆかりの真珠庵にいたというのだから、ただ者ではなかったのである。晩年の数年間は、与謝蕪村門の別格的な存在として、重きをなした。現代でも、太祇の句風を慕う俳人は少なくないはずである。

日本の橋は、九州を中心とした西国の一部を除いて、明治を迎えるまでおおむね木の橋だった。そこを下駄をはいて渡れば音がする。冬の夜などは、一層その音が冴えわたる。橋の音といえば、明治の話だが、小泉八雲（ラフカディオ・ハーン、一八五〇～一九〇四）が書き残した、松江大橋の朝の下駄の音は印象的だ。

かしわ手の音も、もう聞こえなくなった。この音がやむと、その日の仕事が始まりだすのである。橋の上には、下駄の音が引きも切らず、しだいに音高くひびきはじめる。大橋の上をわたるこの下駄の音は、忘れられない音だ。――ちょこちょこと足早で、ほがらかで、音楽的で、なにか大がかりな舞踊に似ているところがある。

小泉八雲『日本瞥見記』

「かしわ手」とあるのは、宍道湖《しんじこ》沿岸の人々が、日の出に向かって柏手を打っているのである。

これは、松江にかぎらず、かつての日本ではどこででも行われていたことであった。私も父親や近所の人が、ぽんぽんと柏手を打って、朝日の方へ頭を下げているのを見たことがある。ああ、そういえば、そういうゆかしい祈りの習慣が日本にはあったと、八雲の文章は思い出させてくれた。あちこちから聞こえてくる柏手の音、しだいに高まる大橋の下駄の音を想像すると、明治二十三年（一八九〇）ころの、おごそかなまでの松江の朝が彷彿としてくるのである。

京都に話を戻そう。蕪村は、太祇の「寒月」の句とは趣の異なる、「春水《しゆんすい》や四条五条の橋の下」という句をつくっている。

見ているのか、音を聴いているのか、蕪村がとらえている春の鴨川の水の生命感に対して、太祇の句がふれているものは、いわば、自分のたてる夜の橋の音のなかにある、人間存在の孤独だ。京都に住んだ同時代の二人の俳人が、京の橋の死と生とでもいうべき二つの場面を描いてくれている。

京都の橋といえば、鴨川に南から五条、四条、三条と大橋が架かり、北で賀茂川と高野川の合流点に賀茂大橋が架かっている。賀茂大橋は、賀茂の森を中央に、北へ大きく景観の開けた橋だ。渡月橋（大堰川）、一条戻橋（堀川）、宇治橋（宇治川）、それによく時代劇に登場する全長三百五十メートルを越える上津屋橋（木津川）という流れ橋も京都府の橋である。

流れ橋とは、洪水などのときに橋板を取り外し、橋脚にロープで結び付けられた橋桁をロープの長さだけ流れるに任せ、あとで元に戻す方式の橋。だが、名高い橋の多い千年の都にしては、橋にまつわる逸話が京都には必ずしも多くない。もっとも有名なものは、堀川に架かる一条戻橋の上で渡辺の綱が鬼女の片腕を切り落としたという伝説であろう。

この一条戻橋、呼び名の由来は、平安時代の漢学者三善清行が死んでその葬列がここを通るとき、息子が熊野から帰ってきて棺にとりすがり、天に祈ったために、清行が一時蘇生したところから、そう呼ばれるようになったというのである。

近藤浩一路（一八八四〜一九六二）という水墨画の画家が描いた、「一条戻橋」（一九二五）という絵を見たことがある。水墨画でありながら、松本竣介の絵でも見るような洋画風の夜景だ。近藤は水墨画に洋画の手法を持ち込み、独自の画風をつくりあげた画家である。現代の戻橋風景のなかに、伝説の闇をただよわせたような作品だった。

十数年前に渡った戻橋は、木の欄干がついていて風情があったが、最近渡ってみると、欄干だけ石の真新しいコンクリート橋になってしまっていた。風情という点では、同じ堀川の、一つ南の中立売通りに架かる堀川第一橋（鶴の橋）が、古い石橋で見応えがある。

東福寺の通天橋は、紅葉の名所として知られている。本堂と開山堂をつなぐ屋根つきの長い歩廊で、途中三ノ橋川という渓流を渡る。ここからの紅葉の眺めが、名高い。屋根や壁のついた橋は、古くから社寺に多く、屋形橋と呼ばれるものだ。

私が京都で好きな橋は、あちこちにある小橋である。上賀茂神社の社家の石橋などは、心惹かれるもののひとつだ。

神社の南側、明神川沿いに神官の屋敷である社家が何軒か並んでいる。各社家ごとに川を渡って屋敷に入るための橋が架かっていて、たっぷりと水の流れる川も好ましければ、石の板一枚を渡したような橋がまた実にシンプルで魅力的だ。高瀬川に何本となく架かっている名もない小橋も、粗末な鉄の手摺がついていたり、ぽんと古材の梁でも渡したような具合のものだったり、実用の橋として、それぞれに表情があっておもしろい。さらに、白川に架かる橋となると、一枚の石の短冊を渡したような行者橋や、祇園の巽橋など、小さいながらも名橋というべきものがある。

水上勉（一九一九～二〇〇四）に『しらかわ巽橋』（一九六八）という小説がある。時代は昭和二十年代から三十年代の初めごろ。

焼き鳥の屋台を引いて女手ひとつで娘島子を育てる、茶屋の女中上がりの勝代は、祇園の一等地である巽橋の付近に店を持つことに執念を燃やす。まず、どんぐり橋（鴨川の四条大橋より一つ下流に架かる歩道橋）の近くにバーを開き、美貌の娘に成長した島子を利用しながら、ついに念願の巽橋進出を果たした。

島子は、金のために母から半ば強要されて初めての男相沢を知るが、相沢はのちに落ちぶれて、巽橋で成功した島子親子につきまとうようになる。勝代が島子を人身御供にして相沢から引き出した金を、いまごろになって相沢は返せといい出していた。島子が初めて恋仲になった貝津が、何者か（相沢に雇われた者）に襲われるということもあった。そして、最後に、島子の実の父親と思われる寺島が、巽橋の上で相沢を待ち伏せして刺し殺すという事件が起こるのである。

勝代は島子に、「〈男は女を喰いものにする動物や、負けたらあかん……うちらは、この世で、ふたりきりや。男を鼻であしらう女にならな、生きてゆけん〉」といい聞かせる。しかし、男に対してまったく冷血だったかというと、そうでもなく、島子が一度も一緒に暮らした記憶のない父親の寺島に対しては、勝代は断ち切れぬ思いをもっていた。寺島は最後に、巽橋の店のやっかい者の相沢を取り除くことで、勝代のそういう思いに応えたともいえる。寺島が相沢を刺したこの事件は、勝代親子には何らかかわりのないものとして処理された。

勝代と島子は、巽橋の上から三体の布袋《ほてい》の土人形を捨てる。勝代によれば、布袋は不吉な出来事があったときには捨てるものだという。島子が、「そうや、うちも出直しや」と思うところで、小説は終わっている。

巽橋を渡りながら、さも水上が書いたようなことが起こっていそうなところだと思う人もいるだろうし、そうは思わない人もいるだろう。巽橋のたもとには柳の木があり、白川に沿って桜が咲く。

桜の並木の間に、吉井勇（一八八六〜一九六〇）の「かにかくに祇園はこひし寐《ぬ》るときも枕《まくら》の下《した》を水のながるる」が、まるで人が寝ているような形の自然石に刻まれた歌碑が横たわっている。たしかに、このあたりは、祇園の街の心の内側にふれるような情趣をもった場所である。

『しらかわ巽橋』は、巽橋にこだわりすぎるほどこだわった中編小説だが、ほかに水上は、『その橋まで』（一九七〇〜七二）と『長い橋』（一九八三）と、タイトルに「橋」のつく二つの長編小説を書いた。

この二作は、姉妹作とでもいうべきもので、舞台も同じ岐阜市なら同一人物も登場する。どちらも、罪を犯した人間の更生保護と社会復帰の問題を、そこにかかわる保護司という仕事を通して描いた作品だ。

『その橋まで』の橋は、主人公名本登の故郷富山県の隠尾という集落にある隠尾大橋だが、岐阜の長良大橋が絶えずそれを思い出させる仕組みになっており、『長い橋』では、保護司の田村雪枝が、好んで橋の絵を描く叔父の絵を見て、保護司とは長い橋を架ける仕事に似ている、と思うところからタイトルが生まれている。

どちらの場合も、作者が橋というものを強く意識していて、それを象徴的に使おうとした作品であった。

ところで、私は京都では小橋が好きだといったが、それでいて、京都と聞いて真っ先に思い浮かべるのが、四条大橋を中心とする界隈なのである。やはり、京都を代表する橋ということになれば、四条大橋だ。ただ、四条大橋が歩道専用橋にならないのが、常々残念なことだと思っている。

いつのことか知らないが、パリ市からの提案で、四条大橋の上手にパリの芸術橋（ポン・デ・ザール）のような歩道橋を架ける案がもちあがり、市民の猛烈な反対にあって沙汰止《さたや》みになったということを聞いた。反対は当然であり、検討すべきは、四条大橋を歩道橋にした際の、車のために橋をどうするかということであろう。

京都で幼少年時代を過ごした村山槐多（一八六九〜一九一九）に、「京都人の夜景色」（一九二〇）という詩がある。その一部（二聯目）を引いて、この項をしめくくろう。槐多は、絵と詩に魂を輝かせて、二十三歳で夭折《ようせつ》した忘れ難い鬼才であった。

ほんまに綺麗えな、きらきらしてまぶしい
灯がとぼる、アーク灯も電気も提灯も
ホイツスラーの薄ら明りに
あては立つて居る四条大橋
じつと北を見つめながら

村山槐多「京都人の夜景色」(『村山槐多詩集』)

四、石橋の静かな思想

「楓橋」　中国、蘇州

リアルト橋を下駄はいて——岡本かの子　ヘンリー・ジェイムズ　須賀敦子　マルコ・ポーロ

橋好き、ということばはあって当然だが、自分は橋好きだと公言している人にこれまで出会ったことがなかった。そういう人に初めて遭遇したのは、前章でもふれた「橋」という短いエッセイにおける岡本かの子である。彼女はエッセイのしめくくりに、こんなことを書いていた。

私は世界の名橋、ベニスのリアルト橋に吾妻下駄の歯音をカラコロと音立てゝ渡りたい願ひを子供のときから抱いて、廿年後その望みを果したとき涙をこぼしたほど橋の偏愛者ではあるが、併し、そんな橋好きでなくても、この酷暑に十大橋へ行つて見れば、自然と東京の夏のよき涼み場所であることが判ると思ふ。

岡本かの子「橋」（『岡本かの子全集』第十二巻）

ここで「十大橋」といっているのは、隅田川の橋を十本数え上げたあとに続く文章だからである。リアルト橋を吾妻下駄《あずまげた》でカラコロなんて、岡本かの子という人は、やはりどこか飛んでいるところがあった。

ヴェネツィアに行けばまず、リアルト橋は渡る。大勢の人が海外に行く昨今では、かえって両国橋や渡月橋は渡っていないが、リアルト橋なら渡ったことがある、という日本人も少なくないわけである。

外国の橋はあまり渡っていない私も、リアルト橋だけは渡った。この橋は屋根のついた屋形橋で、屋形の内部には商店が並んでおり、橋を渡っているというよりも、初めは石段を上って仲見世のようなところにさしかかった、という感覚しかなかった。中央で屋形から外へ出られるようになっているところがあり、そこではじめて、大きな運河の上にいるのだということを知らされる。

そこから、橋を水際まで降りられる外階段があって、ほとんどの人は水際まで降りてゆく。下へ降りてから見上げるリアルト橋は、大理石の輝くような白色の、大きなアーチを描く立派な太鼓橋であった。橋の下を流れている水路を大運河（カナル・グランデ）といい、その先は海へと続いて広がり、大小の船が華やかに岸辺を飾る港をなしている。昔から絵にもよく描かれた、代表的なヴェネツィア風景のひとつだ。

ゴンドラもまた、ヴェネツィア観光にはつきものである。私はゴンドラに乗ったとき、頭上を通り過ぎる橋をひとつひとつ眺めていたが、そのなかには、「あっ、もう少しゆっくり見たい」と思うような橋もあった。縦横に水路の走るヴェネツィアには、小さな橋が無数にある。

ゴンドラがゆっくりと水面を滑って行く。それは大きく緩やかに蛇行し、静寂《しじま》の中に水音を立てる。ひとりの少女が小さな橋を渡って行くが、その橋にはラクダの背中のようなアーチがある。少女は古いショールで頭を包んでいるが、そのためきわめて個性的でチャーミングだ。その下を通るとき、空に向かって、くっきりと彼女の姿が浮かび上がる。古びた壁の薔薇色が全景を満たすかのようであり、それは不透明な水面に脚を浸していることもある。

ヘンリー・ジェイムズ『郷愁のイタリア』(千葉雄一郎訳)

十四回もイタリアを訪れたというアメリカの作家ヘンリー・ジェイムズ(一八四三～一九一六)の、ヴェネツィア紀行の一節である。

彼が書いたゴンドラからの眺めは、十九世紀末から二十世紀初頭にかけてのものだが、あまり時代に関係なく、いまでも見られる光景だ。水路の左右は、どこまでも薔薇色の壁である。

長くイタリアで暮らした須賀敦子は、ヴェネツィアの橋についても、さすがに観光客には書けない体験を書き残している。

大運河の橋もいいが、私が好きなのは、リオと方言で呼ばれる細い水路にかかった、無数の小さな橋だ。歩いていて、ふっとそこだけ歩調が変る。ヴェネツィアの人たちも、ほとんどその存在を意識していないような橋を、一日にいくつ渡ることか。そのほとんどが、律儀《りちぎ》に反り橋のかたちに造られているから、渡るときは、ほんの数段だが上り下りすることにもなる。そのうえデザインや造りもひとつひとつ違っているから、見あきることがない。

たとえばこれをアカデミアの近く、大運河に背を向けて裏道をしばらく行ったところに、ゲンコツ橋というのがある。そんな名があることも知らないで、始終渡っていたのを、あるとき友人が教えてくれた。サン・バルナバという名のリオにかかった幅二メートルあるかないかの目立たない橋だが、ここには毎朝、野菜を積んだ舟がやってくる。おなじ汽水湖のなかの島の農夫が売りに来るのだという。むかしはあたりまえだった風習が、この橋のたもとにはまだ残っているわけだ。春の朝、その辺を歩いていて、まだ運河が見えていないのに、あの、ほんのりと苦みのまざった、さわやかな野菜の香りにいきなり襲われることがある。

須賀敦子『地図のない道』

橋のたもとで野菜を売る。橋が、舟で運んできた野菜を売りさばく、小さな市の場所になっているのだ。背景には、住人たちの橋に対する親しみと愛着があるのである。観光であわただしくヴェネツィアの街を歩き回った私などには、そこに野菜の香りがただようことなど、想像もできなかった。

大運河の岸辺でリアルト橋を見上げたとき、私は中国蘇州(姑蘇とも)の石橋のことを考えた。リアルト橋だけではない。須賀敦子も述べているように、ヴェネツィアに無数にある小橋は「そのほとんどが、律儀に反り橋のかたちに造られている」ところが、蘇州の石橋と形がよく似ていると思ったからである。

ヨーロッパの他の地域に、こういう反り橋があるのかどうか知らないが、もしこの両側から階段で上って渡る太鼓橋が、ヴェネツィアの石橋の特色であるとしたら、興味深い。なんといってもヴェネツィアは、中世初期からイタリアにおける東洋輸入の窓口だったのである。名高いヴェネツィア派の絵画などにも、東洋の要素が色濃い。橋にもまた、中国あたりのものと同根の東洋的な様式が入り込んでいるのではないか。私はなんの知識もなしにそんな想像をしてしまうのである。と、見てきたようなことを書いているが、実は私は中国には行ったことがなく、蘇州の石橋を見ていない。ただ、私はこう書くいまのいままで、蘇州の石橋については、なぜか熟知している気になっていた。それはおそらく、私が蘇州の石橋について日本で書かれた文章を、特別の興味をもって読み漁ってきたからである。写真もよく見ているし、蘇州を描いた絵についても調べたことがあった。

近代日本画の大家竹内栖鳳（一八六四〜一九四二）に、「南支風色」（一九二六）という作品がある。ごったがえしている蘇州城外の水郷風景を俯瞰《ふかん》でとらえたもので、中央にそう大きくない石橋が描かれていた。

石橋は、上から見下ろされているから、石段を上って中央が平らになっている橋の上部が実にわかりやすい。橋には、左から豚の群れを追いながら農夫がさしかかり、右から一人の人物がゆっくりと石段を上り始めたところだ。船のなかで食事をしている家族、担いできた天秤を下ろして、その場で商売をしている野菜売り。

私は以前、この絵について感想文を書く必要があったことから、絵のカラーフィルムをルーペを使って細かいところまで何度も何度も見たのである。そういうときに、蘇州の石橋というものの形が、しっかりと頭に入ってしまったようだ。

蘇州にはリアルト橋ほど大きな橋はないかもしれないが、数百という数の石橋のなかには、修理され、再建を経てはいるものの、非常に古い歴史をもつ橋がある。

有名な呉門橋などは、北宋時代の一〇八四年に最初の石橋が架けられており、リアルト橋が木造のはね橋から石橋に替わった一五九二年より五百年以上も前のことだ。

一二八〇年代ころか、蘇州を見たマルコ・ポーロ（一二五四〜一三二四）は、「この都市には六千の石橋があるが、いずれもその下を櫓楫《ろしゆう》の舟が一隻、場所によっては二隻ならんで通過できるほどに大きなものである」（愛宕松男訳註『完訳 東方見聞録2』）と書いている。六千は少々誇張されているのではないかと思うが、それほど橋の多さが目立っていたということであろう。

もちろん、ヨーロッパにも、リアルト橋より古い古代ローマ帝国以来の石橋が残っていることは事実で、どちらが古いなどということをいうつもりはないが、中国の石橋が近代になってヨーロッパから入った技術によって造られたものでない、ということだけはいっておきたかったのである。中国の石橋は、ヨーロッパとは関係なしに独自に発展した可能性がある。

現在も観光地としての蘇州を訪ねる日本人は多いであろうし、いまの蘇州の橋は実はこうなっている、などという話題はあるに違いない。

だが、私が関心を抱いているのは、蘇州の橋を見てきた人間の目の歴史であり、心の歴史なのである。その意味で、私は大正十年（一九二一）前後の、日本の文化人の蘇州旅行（を含む中国旅行）のなかに、過ぎし日の石橋の姿を探ってみたいと思うのだ。

先のイタリア紀行のなかで、ヘンリー・ジェイムズはこう書いている。「確かにヴェニスについて新たに語るべきことは何もないが、しかし、古いものはつねに新しいものよりまさっている」と。

つまり、新しいヴェネツィアについて語ることはなにもないが、ヴェネツィアは過去にさまざまな思い出をもっており、それについてはおおいに語る価値がある、というのだ。私が橋について語ろうとしているのも、これと同じことである。ヘンリー・ジェイムズは、いわゆる「失われた世代」の人々よりも三十年くらい前に、ヨーロッパをさまよったアメリカ人であった。彼は目の前のヨーロッパではなく、歴史のなかから聞こえてくるヨーロッパの声に耳を傾けていたのであろう。

大正十年前後がどういう時代かは、簡単にはいえない。日本は第一次世界大戦で漁夫の利をしめ、中国侵略への足がかりをつくった半面、国内では米騒動なども起き、労働運動が激化していた。そんななか、どこまでが国策であったかわからないが、新聞社などが盛んに派遣したものらしく、この時期に文化人の中国旅行ブームが起こっている。

蘇州舟遊の記――谷崎潤一郎 芥川龍之介

大正七年（一九一八）の暮れに、谷崎潤一郎が蘇州を訪れた。同行者のない、単独旅行だったようである。当時、奉天（現 瀋陽）に南満医学堂の教授として赴任していた木下杢太郎（一八八五〜一九四五）を訪ねているから、中国の各地を旅したものと思われる。十二月末に帰国し、翌年二月にいち早く発表したのが「蘇州紀行」であった。画舫《がぼう》と呼ばれる遊覧船で蘇州の運河を舟行し、船のなかで遊ぶのではなく、もっぱら船から景色を眺めた記録である。

三十三歳の精悍《せいかん》な谷崎が、むっつりと景色ばかり見ていた。それで、客の機嫌をとるために案内人と称して同船した女将が、自分の方が退屈して「欠《あく》びを嚙み殺して居」たというのも、さぞやと思われておかしい。谷崎はそもそも、いろいろな理由でこの日本人の女将が気にいらなかった。

間もなく私の船は、蘇経糸廠の煉瓦の柵のほとりに来た。が、もう私の眼の前には呉門橋が石のアーチを開きながら、私を迎へて居るのである。昨日其の上を渡る時に、石段があまり急なのでわざわざ驢馬を下りたくらゐだから、アーチはなかなか高い。船から見ると、アーチの下に橋の向うの家々の甍が続いて、遠くの空に虎丘の塔と霊巌山の塔とがぼんやりと霞んでゐる。

谷崎潤一郎「蘇州紀行」

谷崎の紀行には、船を下り、気の進まないまま、駕籠《かご》をやとって紅葉の名所だという天平山へ登るくだりもある。天平山には、くだんの女将の息子がいて、中国人の苦力《クーリー》相手に威張り散らしていた。その息子が女将には自慢の種なのだ。

谷崎は、「此の小僧のやうに、十七八の時分から支那人を犬猫の如く取り扱ふ事ばかり覚えて、それで一と角の豪傑になつた積りの日本人ばかりが、支那に沢山入り込まれては支那も随分迷惑だらう。とは云ふものゝ、此の小僧が小生意気なのは勿論親が悪いのである」という感想を書いている。

いよいよむっつりと不機嫌になっている谷崎の顔が思い浮かぶのだが、しかし、運河を行く船の上からの景色は、彼に絶えず蘇州ならではの美感をもたらした。

岸には、ぽつりぽつりと家の数が少しづゝ多くなつて来る。何処かで鶩《あひる》の啼き声がのんびりと聞えて居る。私の行く手には又してもファンタスティックな曲線を描いた石造の鼓橋が、一つ二つと現れて来るのであつた。最初の鼓橋の手前には一二艘の船が和《なご》やかな午後の日を浴びて、居睡りでもして居るやうにゆつたりと水に浮かんで居る。一艘の船には洗濯をした着物が干してある。もう一艘の方は苫《とま》を懸けて、その上へ一杯に白菜をならべて居る。その橋を通り抜けると、第二の鼓橋が七八町先の青空の中途に、虹の如く横はつて居るのが見える。橋の中央の、弓なりに反つて居る弧の頂辺《てつぺん》に、日向ぼつこでもして居るのか、一人の人影が塔の如くぢつと動かずに佇んで居る。

前同

これは帰りの船路で、このあたりから船は、急ににぎやかな町場に入ってきた。運河の周りには、茶館、肉屋、鍛冶屋などが立ち並び、そこらに腰かけて仕事をする人や、店に出入りする人たちがいる。

「家は一様に川の方を背中にして、後ろ向きになつて居るのだが、多くは運河の上へ張り出しのヹランダを拵へ、水と家との関係がいかにも親しみ深く造られて居る」という的確な谷崎の描写を読んで、私は竹内栖鳳の「南支風色」を思い出した。

蘇州の、水と家と、そして石橋が暮らしに溶け込んでいる風景である。栖鳳は二年続けて二度中国へ渡っているが、最初に蘇州を訪れたのは、谷崎より二年遅れの大正九年であった。

谷崎の紀行は、寒山寺に近づいて、有名な楓橋をくぐったところで終わっていた。楓橋をうたった唐の詩人張継の「楓橋夜泊」は、かつては必ず漢文の教科書には出ていた七言絶句である。いまの教科書はどうだろうか。原文を省略し、読み下しを掲げる。

月落ち烏啼いて　霜天に満つ
江楓の漁火　愁眠に対す
姑蘇城外　寒山寺
夜半の鐘声　客船に到る

年配の方には、なつかしい漢詩のはずである。

谷崎潤一郎は「支那趣味と云ふこと」という文章のなかで、こう書いている。

「私は、斯くの如き魅力を持つ支那趣味に対して、故郷の山河を望むやうな不思議なあこがれを感ずると共に、一種の恐れを抱いて居る。なぜなら、余人は知らないが私の場合には、その魅力は私の芸術上の勇猛心を銷磨《せうま》させ、創作的熱情を麻痺させるやうな気がするから。――此の事は他日委しく書く時もあらうが、支那伝来の思想や芸術の真髄は、静的であつて動的でない、それが私には善くない事のやうに思へる」と。

近代の大作家たちは、幸田露伴（一八六七～一九四七）はいうにおよばず、夏目漱石（一八六七～一九一六）や永井荷風などをみても、谷崎のいう支那趣味をもっていた。

それが谷崎あたりの世代になると、支那趣味への郷愁をもちながら、自分たちのめざすものにとって、必ずしも薬にはならないことをも強く意識しはじめたのである。谷崎より六歳ほど年下の芥川龍之介（一八九二～一九二七）などにも、そのアンビバレンスはみられた。

芥川が中国旅行をし、蘇州に立ち寄ったのは、大正十年（一九二一）である。大阪毎日新聞から海外視察員として派遣され、三月の末に上海に入り、長江、武漢、長沙を経て北京に出て、朝鮮経由で七月に帰国した。

長期の滞在であったが、芥川は上海に着いてすぐに肋膜炎で寝込み、三週間もロスしてしまっている。帰国した翌月から大阪毎日新聞に「上海游記」を書き、翌年、同紙に「江南游記」を連載した。「江南游記」にふくまれている蘇州紀行は、船上を主とした谷崎の「蘇州紀行」を相当に意識していたようで、陸上のことが中心になっている。

天平山で同行の島津四十起と、谷崎にふれた次のような会話をする部分があった。会話は芥川、島津、芥川の順で、そのあとに続く叙景にも読み応えがある。

「天平山は思つたより好い。もう少し綺麗にしてあると猶好いが、——おや、あの山の下の堂の障子は、あれは硝子が嵌まつてゐるのですか？」

「いや、貝ですよ。木連れ格子の目へ一枚づつ、何とか云ふ貝の薄いやつを、硝子代りに貼りつけたのです。——天平山は何時か谷崎さんも、書いてゐたぢやありませんか？」

「ええ、蘇州紀行の中に。——尤も天平山の紅葉よりは、途中の運河の方が面白かつたやうです。」

我我は霊巌山へも登る必要上、今日も驢馬に跨つて来たが、それでも初夏の運河に沿うた、姑蘇城外の田舎路は、美しかつたのに相違ない。白い鵞の浮いた運河には、やはり太鼓なりに反り上つた、古い石橋がかかつてゐる。その水にはつきり影を落した、涼しい路ばたの槐や柳、或は青麦の畠の間に、紅い花をつけた玫瑰《メイクイ》の棚、——さう云ふ風景の処処に、白壁の農家が何軒も見える。殊に風流に思つたのは、そんな農家を通り過ぎる毎に、窓の中を覗きこむと、上さんだか娘だか、刺繡の針を動かしてゐる、若い女も少くない。生憎《あいにく》空は曇つてゐたが、もし晴れてゐたとすれば、彼等の窓の向うには、霊巌、天平の青山が、描いたやうに見えた事であらう。

芥川龍之介「江南游記」

芥川は水郷蘇州を、「蘇州にはヴェニスのように、何よりもまず水がある。蘇州の水」（「支那游記」）といい、自ら徳冨蘆花の『自然と人生』式の名文と称する漢文調で蘇州を描写している。

「あるいはまた石橋《せききよう》あり。たまたま橋上を過ぐる人、胡弓《こきゆう》を弄《ろう》すること三両声。仰ぎ見ればその人すでにあらず。ただ橋欄《きようらん》の高きを見るのみ」云々。

石橋にふれずに蘇州を語ることは不可能だが、文章に表れたことばでみるかぎり、芥川は谷崎以上に石橋の風情に注目した。蘇州でだけでなく、同行の村田烏江と杭州へ向かう汽車のなかでも、こんな会話をしている。

ふと窓の外を覗いて見ると、水に臨んだ家家の間に、高高と反つた石橋がある。水には両岸の白壁も、はつきり映つてゐるらしい。その上南画に出て来る船も、二三艘水際に繫《つな》いである、私は芽を吹いた柳の向うに、こんな景色を眺めた時、急に支那らしい心持になつた。

「君、橋がある。」

私は大威張りにかう云つた。橋ならばまさか水牛のやうに、軽蔑されまいと思つたからである。

「うん、橋がある。ああ云ふ橋は好かもんなあ。」

村田君もすぐに賛成した。

前同

批評する人——竹内栖鳳　奥野信太郎　青木正児

広い中国でも、日本人の歩くコースは似通っていたらしく、芥川龍之介は中国で竹内栖鳳の一行と出遭った。芥川も、栖鳳も、そのことを記録している。

蕪湖から乗つた南陽丸では、竹内栖鳳《たけうちせいほう》氏の一行と一しよだつた。栖鳳氏も九江《キウキヤン》に下船の上、廬山《ろざん》に登る事になつてゐたから、私は令息、——どうも可笑しい。令息には正に違ひないが、余り懇意に話をしたせゐか、令息と呼ぶのは空空しい気がする。

が、兎に角その令息の逸氏《いつ》なぞと愉快に溯江を続ける事が出来た。

芥川龍之介「長江游記」

序《ついで》にいつておく。わたしの第二回目の渡支の時は、上海から北京までの旅行に於て、よく芥川（竜之介）君に出会つた。お互旅行の目的は違つてはゐるが、ひよツくり同じ宿に泊つたり、同じ船に乗つたりした。そしていろいろ同君の文芸論なるものを拝聴したわけだが、今では何もかも忘れて了つた。

竹内栖鳳「支那の塔」（田中日佐夫『竹内栖鳳』）

栖鳳が「第二回目の渡支」といっているのは、すでにふれたように前年の大正九年にも中国へ渡っているからである。

そのころ、二年続けて中国旅行をした人も珍しい。二回目の旅には、長男の竹内逸三が同行していた。当時、この逸三、芥川ともに三十歳、同世代の心安さから親しくなり、旅行中に二人で中国服を着て並んだ写真を残したりしている。帰国後も手紙のやりとりを続けていた。

しかし芥川は、父親の栖鳳の絵画については、あまり評価していなかったのではないかと思われるフシがある。中国から友人の画家小穴隆一に当てた手紙に、当時の中国絵画について芥川は次のような感想を書いている。

これは現代支那の洋画なり　日本画でも近頃上海の日本人倶楽部に展覧会を催した支那人あり　この先生は栖鳳なぞの四条末派の影響を受けてゐた　要するに現代支那は芸術的にダメのダメのダメなり、

芥川龍之介『芥川龍之介全集』第十九巻

上海の日本人倶楽部で展覧会を開いた、中国人の絵についての芥川の批評だが、「栖鳳なぞの四条末派」の影響を受けている、だからこれも芸術的にダメだ、といっているように読める。友人間の手紙のなかでの話ではあるが、これでみても、芥川は栖鳳という画家をそれほど認めていなかったようだ。

大正十年といえば、栖鳳のほうは五十七歳、東京の横山大観に対して京都の竹内栖鳳と並び称され、画壇の勢力を二分していた時代であった。栖鳳が若い文士の芥川にそれほど興味を抱かなかったことは、「支那の塔」の回想の語りぶりにも表れている。栖鳳も俳句をたしなみ、芥川は俳人としても一流だったが、俳句のやりとりをするようなところまではとてもいかなかったのである。
栖鳳は水郷風景を好んでいて、茨城県から千葉県にまたがる水郷として名高い潮来《いたこ》を何度か訪ね、「潮来小暑」（一九三〇）という作品も残した。栖鳳はおそらく、潮来に出かけて、過ぎし旅の日の蘇州を偲んだことであろう。これはやや時代が下るかもしれないが、中国文学者の奥野信太郎（一八九九〜一九六八）が、潮来で蘇州を連想し、次のような文章を書いていた。

潮来《いたこ》へいったとき、僕は蘇州《そしゅう》城外の風景を思いあわせた。蘇州城外の運河風景を知らないで潮来へはじめていったとしたならば、あるいは僕の潮来に対する興趣はあれほど深くはなかったかもしれない。（中略）実をいうと蘇州城外の風景を一番よく連想させるところは、潮来までゆかないその途中の方だと思う。すなわち佐原の町を出て水郷大橋をわたってから、牛堀《うしぼり》までの間の、まだ川幅がそれほど広くならないところが僕にはなんともいえない蘇州風景としてうけとれるのである。

奥野信太郎『中庭の食事』

橋にこだわる私は、潮来の木橋と蘇州の石の太鼓橋では似てもつかないと思うのだが、水郷好きは、橋などよりもひたすら水と田園の風景に惹かれるもののようだ。

芥川のことに戻るが、彼は思ったことをいわずにはいられない人であった。それも、とぼけて柔らかくいうのではなく、切れ味鋭く急所を衝いてしまう。そこが芥川の魅力なのだが、当然、反発を招くことも少なくなかった。

芥川が中国を訪れた翌年、大正十一年に青木正児（一八八七～一九六四）が、それこそ満を持して中国旅行に出かけている。満を持してというのは、彼こそは中国に渡るべき中国文学者だからだ。

青木は、漢学臭を脱した実証的な中国文学研究の先駆け、といわれる人である。芥川のように頼まれたから行くなどというものではなく、念願の渡航、いわば聖地巡礼への旅立ちである。その青木の、中国紀行をふくむ代表的な随筆集『江南春』を読んでいると、次のような一節にぶつかった。


現代文壇の某才人が江南遊記に、西湖だったかの画舫をあざ笑って、こんな貧弱な白の日蔽がぶら下った小船を何んで画舫なんて云うんだろう、という風に軽く見てあったが、成程西湖のは貧弱だ。画舫の画の字は抜きにした名実伴わぬものが多い。しかし西湖にだって本義的に装飾された画舫は幾らも浮いている。浮いているどころかその羅幕の間から角額の姑娘《クウニヤン》がちらほら隠見していた乙なのさえあった。自分が貧弱なのに乗ったからとて癪に障って、人の美を済すに吝であってはならない。我党の襟度は、迷い子になって鉄橋でいじめられて、草の中にへたり込んでさえ、なお且つ人の美を讃歎して止まない底の優々たるものだ。

青木正児『江南春』

芥川を、名前を記さずに「現代文壇の某才人」などといっていることからして、すでにふくむところがある。青木がたしなめているのは、芥川のこういう文章だ。

ホテルの前の桟橋には、朝日の光に照された、槐《ゑんじゆ》の葉の影が動いてゐる。其処に我我を乗せる為に、画舫《ぐわばう》が一艘繋いである。画舫と云ふと風流らしいが、何処が一体画舫の画の字だか、それは未に判然しない。唯白木綿の日除けを張つたり、真鍮の手すりをつけたりした、平凡極まる小舟である。その画舫――兎に角画舫と教へられたから、今後もやはりさう呼ぶつもりだが、――その画舫は我我を乗せると、好人物らしい船頭の手に、悠悠と湖水へ漕ぎ出された。

芥川龍之介「江南游記」

たしかに、芥川の画舫についてのぼやきはややくどい気がする。青木のいわんとしているところは、こういういい方をすれば、西湖の画舫がすべてつまらないものだという誤解を招きかねない、ということだ。

しかし、芥川は自分の目の前に現れた画舫のことをいっているのであって、必ずしも西湖の画舫全体のことをけなしているわけではない。芥川の側に立てば、青木の反応はいささか過敏に過ぎる、ということになる。

田舎の風俗を笑いものにするのは、どこの都会人もすることだろうが、東京人にはそのはなはだしい者がいる。夏目漱石の『坊っちゃん』なども、田舎ぶりを笑うところがおもしろいのだが、漱石は生来諧謔《かいぎゃく》の人だから、いくらそれをしても角が立たない。

だが、芥川のような人が、ユーモアのつもりでも田舎を笑うと、本当に「あざ笑って」いるように聞こえてしまう。芥川には、理詰めの笑いはあっても、もって生まれた諧謔のセンスがなかった。「智に働けば角が立つ」のである。

芥川は東京っ子の先輩谷崎潤一郎とも、小説観をめぐってめざましい論争をした。簡単にいえば、芥川が、谷崎の小説の筋のおもしろさに疑問を投げかけたのに端を発して、谷崎が真っ向から受けて立ち、小説における構成的美観を強調して、反自然主義的立場を明らかにしたものである。

当時もいまも、この論争では谷崎が優勢だったという見方がされているが、私はこのときの芥川の、筋のない小説は詩に近い、という議論に魅力を感じている者だ。芥川は詩もつくり、俳人としての実力は人も知るところだが、小説にも、一篇の詩を読むような心持ちのものがいくつもある。

芥川の死後、谷崎は「わが芥川君の最近の行動も、今にして思へばまことに尋常でないものがあつたのに、君がさう云ふ悲壮な覚悟をしてゐるようとは夢にも知らなかつた私は、もつとやさしく慰めでもすることか、いい喧嘩相手を見つけたつもりで柄にない論陣を張つたりしたのが、甚だ友達がひのない話で、故人に対し何とも申訳の言葉もない」(「いたましき人」)と書いて、その死を悼んだ。

芥川が西湖の画舫を笑ったのも、滑稽のつもりである。つまり、中国くんだりまで来て、「平凡極まる小舟」を画舫と称している中国の業者も業者なら、それに乗せられようとしている自分も自分であるということを、戯画化してみせているのだ。読者には、西湖の画舫を軽蔑してもらいたいのではない、ただ珍道中をおかしがってほしいのである。ところが、中国をこよなく愛する青木のような学者にはそのいいようがカンにさわった。

青木正児の紀行『江南春』は、大正十一年の三月から五月にかけて、杭州、西湖、蘇州、南京、揚州と、まさに春の江南を旅した記録である。「姑蘇城外」の一部を読んでみよう。

その川筋は私の空想を満足せしむる程長閑なものでなかった。人の悪そうな労働者の群が、何かしら大声にのゝしりつゝ砂利を船から運んでいた。しかし無言のまゝうつむき加減になって汀づたいに、長い綱で徐々と引船をして来る数人を見た時、私の機嫌は直った。更に上流程遠からぬ処に例の穹窿たる石のそり橋を見出した時、私は予期した如く独りうなずいてその方へ近づいた。画的情趣を少しでも弁えている私はこの橋の欄によって下を見降すような野暮はしなかった。橋を通り越して向こう岸の若草の中に、橋が丁度好い布置において私の視野に入るような場所を選んで腰を卸した。橋の袂には処々剝げた白壁と、水に面した窓と、少しそり加減の屋根とを持った家が両三軒配置されている。その左手には桑畑、右手には麦畑と菜種畑とがはぎ合わされてある。菜の花の好い香りがする。上り下りの船が幾つとなく橋のトンネルをくぐる。上る者は引船の綱を橋の手前で離して、牽手は人家の向こう側を走って廻わって来て桑畑の前面にばらばらと姿を現わし、又船に綱を投げて、えい〳〵と引いて行く。下る者は優々緩々と舵一つで流して行く。下る船は橋に近くなると帆を下ろす。上るも下るも等しく橋の下まで来ると檣を斜に倒して、すうっとくぐって行く、出るとすぐ直立させる、如何にも有心の動物が動いているようだ。

青木正児『江南春』

あたりの畑の作物、菜の花の香り、川岸で上りの船を引く人々、石橋をくぐるときに船が帆柱を斜めに倒すことまで、細かく観察して書き込んでいるところ、案外に芥川の蘇州紀行と共通している。

青木は、橋の上に立って見下ろすのではなく、橋の全容が見える離れた場所から眺めるのが、「画的情趣を弁えた」粋な橋の見方だなどと悦に入っている。こういうところに、芥川ならずとも、一言野次でも飛ばしてみたくなるところだ。とはいえ、橋のある風景を楽しんでいる心持ちが実によく伝わってくる一文である。

青木が『江南春』のなかにあげている、橋の出てくる中国の童謡を引いておく。中国の子どもたちが、羽根突きに似た遊びをするときに歌うのだそうだ。

一、二、三、
三三が九で橋を渡る。
橋の上の獅子が、ひい〳〵笑う、

橋の下の鰱《れん》魚が、ぴん〳〵跳《は》ねる。

青木正児「支那童謡集」(『江南春』)

「橋の上の獅子が、ひいひい笑う」というところが、いかにも中国的ではないか。

その後、たまたま前田青邨(一八八五〜一九七七)の画集を見ていて、この画家にも「蘇州」(一九二六頃)という石橋を描いた作品があることを知った。

青邨は大正八年(一九一九)に中国を旅行しているから、竹内栖鳳の一度目の中国行きよりも早い旅行者だったのである。彼の「蘇州」は水墨画で、周りの人家など圧倒するほど、高く大きな石橋を画面いっぱいに描き、まぎれもなく橋を見た感動をぶつけた絵であった。

失われゆく石橋——森敦 橋南谿 川路聖謨 イサベラ・バード

長崎で生まれた作家に、森敦(一九一二〜八九)がいる。六十一歳のときに『月山』で芥川賞を受賞し、話題になった人だ。

昭和五十年（一九七五）に故郷を訪ね、「母の町・雨の長崎」（『旅』）という紀行文を書いている。森は、そのなかで、「坂本龍馬の写真などが掛け並べてある丸山の遊廓花月を見せてもらったり、芥川龍之介がいたという離れのある中村さんというお宅で、眼下に見える長崎の夜景を楽しませてもらった」りした、というようなことも書いている。

芥川は二度、長崎に旅をした。菊池寛と一緒に大正八年（一九一九）に一度、二度目は中国旅行の翌年の大正十一年。このときは一人だったようである。

キリシタンものを得意の一分野としていた彼は、長崎でいくつかの小説の種をひろったのであろう。直接の紀行は、ごく短いものを二、三残しているだけだが、大正十一年に発表した十一行しかない散文詩風の短章「長崎」（『婦女界』）には、「運河には石の眼鏡橋。橋には往来の麦稈帽子。——忽《たちま》ち泳いで来る家鴨《あひる》の一むれ。白白と日に照つた家鴨の一むれ」といった一節があった。そぞろに去年遊んだ蘇州を思い出していたのではないだろうか。

ところで、長崎に帰った森は、小雨の一夜、地元の知人と多数の石橋が架かる中島川のあたりを散策している。

やがてアーチ型石橋群のひとつである袋橋にかかった。雨に濡れた石は磨滅して、その凸凹がかすかに街の灯に輝いている。

「とすると、あの眼鏡橋もこの川筋にかかっているんですね」

「眼鏡橋はそれその橋たい。行ってみるかね」

と、小川さんは傘の下から、黒くかかってみえる橋を指さした。もう二重のアーチも定かにはわからなかったが、

「あすこなら、行って渡るだけでも渡ってみたいですね」

眼鏡橋を渡ってもやはり磨滅して濡れた石が、かすかに街の灯に光っているばかりである。ぼくもものの本で読んで、この橋が明の僧如定によって架けられ、これが濫觴となって、アーチ型石橋が九州一円に拡がって行ったことを知っていた。


森敦「母の町・雨の長崎」(『わが風土記』)

私も幸い、眼鏡橋と中島川の石橋群を、森が夜の眼鏡橋に立った年の一、二年あとに見ている。幸いというのは、昭和五十七年(一九八二)、すさまじい鉄砲水が中島川を襲い、眼鏡橋をはじめ多くの石橋が壊れてしまったからだ。このニュースに接したときは、残念で、どうにもあきらめ切れない気持ちがしたものである。その後、修復された眼鏡橋を見たが、なんだかごてごてしていて、以前のものとはまるで違う印象であった。

江戸後期の医師で文人でもあった橘南谿（一七五三〜一八〇五）は、長崎で眼鏡橋を見たとき、こう書いている。

下より水溢《あふ》るれば崩《くず》るる事もあれども、上よりはいか程《ほど》重《おも》き物《もの》をのするといえども動《うご》き破《やぶ》るる事なしという。

橘南谿『東西遊記』2

まさに眼鏡橋の弱点は、「下より水溢るれば崩るる事もあれど」というところにあった。橋は下からの水の圧力のために崩壊したのである。

長崎の眼鏡橋は、寛永十一年（一六三四）、森も書いている通り明の帰化僧如定（一五九七〜一六五七）の発案で架けられたものといわれている。

如定は、中島川のすぐそばにある唐寺（中国人が檀家の寺）のひとつ、興福寺の住職であった。工事の費用をもったのは、日本に移住していた中国の帰化商人たちで、眼鏡橋がかかると、帰化商人のなかに我も我もと金を出す者が現れ、中島川に十本もの石造アーチ橋が架かったのである。これを前期十橋といって、森の文章のなかにある袋橋もそのひとつだ。次いで日本人の出資による架橋が十橋あり、後期十橋と呼ばれる。

長崎の中国人は、清朝政治を逃れて日本にやってきた中国南部、福建省あたりの者が多かったから、故郷を懐かしんで石の橋を架けた理由はよくわかる。しかし、これらの石橋を架けた工人たちはどういう人々だったのか、ということはわかっていない。

中国からの渡来工人、あるいは中国流の橋の技術を学んだ者、と考えるのが自然のようだが、中国南部の工人が得意としたのは反りのある太鼓橋であった。長崎の橋はいずれも、同じアーチ橋でも太鼓橋ではなく、上部を平坦にした西洋流の石橋である。そこで西洋から橋の技術を学んだ者が中心になって架けた、という説も成り立つのである。

その後、十九世紀に入って肥後の石工集団が九州全域に石橋を広めていった。肥後石工の祖とされる藤原林七（一七六五～一八三七）は、出島のオランダ人に円周率などを学んだことで罰を受けたというから、西洋流だったのであろう。

鹿児島市の甲突川五石橋を架けた岩永三五郎（一七九三～一八五一）、熊本の通潤橋を架けた橋本勘五郎（一八二二～一八九七）らは、いずれも肥後石工の名工である。日本の石橋の九割は九州に集中しているといわれるが、そのほとんどが肥後石工の手になるものということになると、日本の石橋はヨーロッパの石橋の流れを汲んだものということになる。

嘉永六年（一八五三）、ロシアの使節プチャーチン一行との交渉のために長崎に赴いた川路聖謨（一八〇一～六八）は、帰途嬉野（現 佐賀県嬉野町）を過ぎたあたりで、川止めにあって石橋のことにふれている。

きのうよりの雨にて川々留りたれど、山川故に間もなく明くべしとの事也。これは、西国の山川はみな岩橋なれば、水いずれは其上を流るる故に、わたりがたし

川路聖謨『長崎日記・下田日記』

川止めといえば、渡し舟や徒歩で渡ることを止めるのがふつうだが、西国の川にはどこでも石橋が架かっており、雨が降ると増水した水が石橋の上を流れて渡れなくなるので、川止めになった。だが、大河ではなく山川だから、すぐに水が引いて渡れるようになるだろう、というのである。

九州の石橋は、はじめから大雨の際には水没してしまうことを見込んでつくられていた。これに対して、渡るところが階段つきで高くなっている反り橋の場合は、あくまで水は橋の下を流すという考え方である。

だが、堅牢な石橋も、水の勢いが激しくなると、水没するだけではすまず、長崎の中島川がそうだったように壊れたり流されたりする。長崎の水害に続いて、平成五年（一九九三）には鹿児島でも大水害が起こり、甲突川の石橋のあるものは流失し、あるものは危険

だということか撤去された。名高い五橋がすべて失われたのである。撤去された石橋のなかには、五橋のなかでもっとも有名な西田橋（弘化三年・一八四六完成）があり、これはのちに公園のようなところに再建された。

最近、再建された西田橋を見に行ったが、正直、がっかりした。生きた橋ではない。甲突川に架かっていたときの西田橋と、まるで違うのである。おおぜいの観光客が見にきていたが、私は堪え難い思いで、早々に退散した。

甲突川五橋を、健在のころ何度も見ている。それが私にとっては、せめてもの慰めであった。甲突川の石橋が、鹿児島の人々にとってどういうものであったかは知らない。それにしても、行政が、今後の災害対策に自信がないからといって西田橋を解体したとは、なんという後ろ向きの態度だろうか。災害のどさくさにまぎれて解体移設し、災い転じて観光の目玉にでもしたつもりになっているのなら、浅知恵もいいところである。

詩人の黒田三郎（一九一九〜八〇）は、「僕の育ったのは、同じ鹿児島市でも父の生家や母の生家のあった高見馬場でも加治屋町でもない。甲突川を渡った海岸寄りの下荒田町である」（「鹿児島のこと」）と書いているから、子どものころから甲突川の石橋を渡っていた人であった。出征していたジャワ島から、昭和二十一年に帰国したときの鹿児島をこう書いている。

鹿児島駅は焼失して何もなく、青空の下に降りた。敗戦後すでに一年近くたち、市電が走っていた。武の橋、二中通り、荒田八幡と停留所があって、荒田八幡に近づくころ、自分の家が見える。鹿児島市そのものは大半が焼失していた。電車のなかから古ぼけた我が家がそのまま見えたのには、驚いた。

黒田三郎「鹿児島のこと」(『黒田三郎著作集』3)

黒田が停留所名として「武の橋」と書いているのが、おそらく甲突川五橋のひとつ、武之橋のことである。

五橋には、西田橋と武之橋のほかに、玉江橋、新上橋、高麗橋があった。戦災で焼け野原になった鹿児島で、石橋はどんな姿でいたのだろうか。市電が走っていたのだから、焼け落ちてはいなかったのである。

黒田の父母が生まれた高見馬場や加治屋町は、甲突川北岸の西田橋や高麗橋に近いところで、大久保利通や西郷隆盛の生家もある、薩摩藩の下級藩士の屋敷が集まっていた地域だ。私もかつて幕末ものの取材で、このあたりを歩いたことがあったが、たしか路面電車の通っていた高見橋まで行って、上流の西田橋を飽かず眺めたものである。四連アーチのヨーロッパ風の石橋なのだが、擬宝珠《ぎぼうしゅ》の並んだ欄干だけは目立って和風だったことを覚えている。

甲突川に石橋を架ける工事を見ながら、少年時代を過ごしたと思われる人に、三島通庸（一八三五～八八）がいた。三島の父も薩摩藩の下級藩士だったから、甲突川の近くに住んでいたのである。三島は山形県や福島県などの県令（旧制度の県知事）をつとめて悪名高い人物だが、そのことは措《お》くとして、特に山形県令であった明治十年（一八七七）から十二年ころにかけて、同県内に多くの石橋を架けた。

山形市や上山市に現存しているものもあるが、現在では失われた橋のひとつ、羽州街道に架かっていた五連アーチの常盤橋を、鮭の絵で名高い初期の油絵画家高橋由一（一八二八～九四）が見事な作品（「酢川にかかる常盤橋」東京国立博物館蔵）に残している。

三島の心には、故郷鹿児島の石橋への憧れが刻み込まれていて、自分が権力を振るえる場所を与えられるや、それを実現しようとしたのだ。

すばらしい道を三日間旅して、六〇マイル近くやってきた。山形県は非常に繁栄しており、進歩的で活動的であるという印象を受ける。上ノ山を出るとまもなく山形平野に入ったが、人口が多く、よく耕作されており、幅広い道路には交通量も多く、富

裕で文化的に見える。（中略）
酒巻川《サカモキ》で私は、初めて近代日本の堅固な建築――すばらしくりっぱな石橋で、ほとんど完成するところであった――を見て、とても嬉しかった。私は、奥野忠蔵《オクノチウゾー》という技師に自己紹介をした。彼はとても紳士的で、愛想のよい日本人であった。彼は私に設計図を示し、一生懸命に説明をしてくれた上に、私にお茶と菓子を出して接待してくれた。

イサベラ・バード『日本奥地紀行』

英国の上流階級の女性イサベラ・バード（一八三一～一九〇四）が、明治十一年という時代に、単身東北地方を旅した記録『日本奥地紀行』の一節である。

この驚くべき行動の記録は、さまざまな意味で興味深い。彼女は、三島の命で石橋の工事が行われていた山形を通りかかった。イサベラは、山形で造られつつある石橋を見て、「近代日本の堅固な建築」であるといっている。家屋も橋も、ほとんどが木でつくられている日本を歩いて、ヨーロッパから来た彼女がいかにも前近代的で貧弱な国だと思ったのは当然である。

私は日本の石橋を、何世紀も遅れて唯一日本に伝わったロマネスク芸術の遺産だと思っている。ロマネスクとはローマ風という意味だが、その実体は必ずしもローマ生まれだったわけではなかった。石橋にかぎっていえば、東洋発、ヨーロッパ経由ということもあり得ると考えている。

いずれにしても、ロマネスク建築としての石橋の魅力は、人の心に与える堅固さ、穏やかさ、静けさといったもので、それは木の橋にも鉄の橋にもない、ひとつの思想であると思う。

日本の石橋、ことに九州と沖縄の石橋を、なくならないうちにできるだけ多く訪ねるのが、私の夢である。橋なら何でもというのではなく、石橋だけは見たい。諫早や秋月の眼鏡橋は見ているが、各地に無数にある小さな石橋を渡りたいのだ。

山口祐造（一九二一〜二〇〇二）の『石橋は生きている』は、日本の石橋を調べつくした本だが、座右にあるこの本を目にするたびに、早く見ておかなければといささか焦燥を感じるのである。

沖縄の石橋は、明らかに中国の技術に拠ったものである。戦火で失われてしまったものも多いのかもしれない。首里城の近くにある弁財天の石橋は十年ほど前に渡った。一五〇二年という古い時代に架けられた小さな太鼓橋で、天女橋（国指定の重要文化財）という。

石の欄干には細かな彫りものなどがあり、なかなか雅な橋だった。蘇州の石橋も、つまりは天女橋を大きくしたものと思えばいいのだろう。

五、橋の上にある戦争

「セーチェーニ橋（鎖橋）」　ハンガリー、ブダペスト

逃れ得ない場所——小泉八雲 アンブローズ・ビアス ヘミングウェイ

小泉八雲の「橋の上」を読んで、衝撃を受けた。八雲のこういう文章は小説なのか、実話を書いたエッセイなのかよくわからないが、事実か虚構かにかかわりなく、私は話に出てくる人間の行動の異常さに慄然とさせられたのである。

あるとき、「私」は平七という抱えの老人力車夫の車で、熊本郊外の寺を訪ねる。途中、「白川《しらかわ》にかかった背の丸くそった、ものさびて立派な橋にさしかかった時、私は平七に橋の上で停まるよう命じた。あたりの景色をちょっと眺めようと思ったのである。夏空の下、電気のように白熱した日光を浸《ひた》るように浴びて、その土地の色彩《いろどり》はほとんど現実とは思えぬほど美しかった」とある。

白川は熊本市内を貫流する大きな川だが、おそらく「背の丸くそった、ものさびて立派な橋」は石橋だったと思われる。これはどこの橋であろうか。現在、小泉八雲旧居とされている場所から、白川をふつうに渡るとすれば、大甲橋あたりになる。

ともあれ、橋の上で一休みしている間に、「私」は平七から驚くべき話を聞くのである。二十三年前、薩摩の軍隊が熊本城を攻撃し、双方の砲撃で市中が戦場と化したとき、平七はからくも逃れて、いまいるこの橋までやってきた。

橋には三人の百姓が欄干に寄りかかっていたが、平七が話しかけると、「お前はここに残る」と断定的に一言だけいう。平七は、ハッとした。百姓だと思っていた三人は、蓑笠《みのかさ》こそ着ているが、いずれも背が高く屈強で、蓑の下には長刀を隠していたのである。動けば殺されることがわかったので、平七は橋の一隅でじっとしていた。だれも一言もいわず、昼下がりの橋の上の時間がすぎてゆく。平七にはそれは途方もなく長く感じられた。そのうちに、熊本側の騎兵隊の士官が一人、馬を走らせ、あたりをうかがいながらやってきた。以下は、「私」と平七の会話である。

「町から来たのですか？」

「そう、さっきやって来た道の方から……その三人の男は大きな藁笠の下から男を見《み》護《まも》っていた。しかし頭は廻しませんでした。下の川面《かわづら》を見ているようなふりをしていた。しかし、馬が橋にさしかかるや否や、三人は振り向きざま躍りかかり、一人は馬の手綱《たづな》をひっとらえ、いま一人は騎兵士官の腕を抑えこみ、三人目はその首を斬って落とした。みんな一瞬の事でした……」

「士官の首を？」

「そう——士官は首を斬られる前に一声叫ぶ間《ま》さえなかった…… あれほどすばやい手並《てなみ》は見たことがない。三人とも誰も一言《ひとこと》も言わなかった」

「そしてそれから？」

「それから死体を欄干越しに川の中へ投げこんだ。それから一人が馬を威勢《いせい》よくひっぱたいた、それで馬は走り去った……」


小泉八雲「橋の上」（『明治日本の面影』）

三人組は、次々に橋にやってくる騎兵士官を三人まで、同様の手ぐちで殺し、討ち取った三つの首を下げて立ち去った。

おそらく薩摩の侍は、斥候《せっこう》の士官が三人来るという正確な情報を得て、待ち伏せし、任務を果たしたのである。終始無言のまま、立ち去るときには、震え上がっている平七などには目もくれなかった。黒澤明監督の映画の一場面にでもありそうな、沈黙のなかで起こった、白昼の惨劇である。

八雲が熊本にいたのは、明治二十四年（一八九一）から明治二十七年にかけてであるが、「橋の上」がそのときを現在として書かれているとすれば、平七がいう二十三年前は、明治二年から明治五年にあたる。

そのころに、熊本で薩摩との間に、平七が「町はもうすっかり焼けた」というほどの戦争があったという事実はない。この短篇を読むうえでたいした問題ではないが、おそらく平七の体験は明治十年（一八七七）の西南戦争のときのことで、二十三年前ではなく、十三年前のことである。この程度の年代を間違えるはずはないから、おそらくはフィクションであることを示すために、わざと年代をずらしたのであろう。

誰も歩いていない橋の上で、どこか異様な人物と出くわしてしまったりすると、逃げ場のないような不安を感じることがある。先に、小林一茶の「稲妻にへな〳〵橋を渡りけり」という句を紹介したが、稲妻などのときは、なんだか他の場所よりも何倍も落雷に遭いそうな気のする、橋の上の怖さをいい得た句であった。

平和な世界では、橋はおだやかなものであり、なつかしいものでさえあるだろう。それが戦争のなかでは恐ろしい場所になってしまうことがある。

ハンガリーの首都ブダペストでは、一九五六年のハンガリー動乱の際、ドナウ川に架かるセーチェーニ橋（鎖橋）をはさんで市民軍とソ連軍が激しい攻防戦を繰り広げ、数万人の犠牲者を出した。橋全体が血で染まったといわれるほどの激戦で、当然、橋の上で死んでいった人々もおおぜいいたのである。ただ、私たちは、ここで数万の人々が死んだと聞いても、なかなか実感は湧かないものだ。私も実際に鎖橋の上に立ってみたことがあったが、戦場になった橋を想像することはできなかった。

かえって、フィクションによって、死をしたたかに実感させられることがある。小泉八雲の「橋の上」もその一つだが、私は高校生のころに読んだ、アンブローズ・ビアスの短編小説「アウル・クリーク鉄橋での出来事」（一八五一）に描かれていた、戦争での処刑の怖ろしさというものが、忘れられない。舞台は南北戦争時代のアラバマだが、ビアス自身も北軍の義勇軍として戦争に参加した人である。

アラバマ州の旧家の主人ペイトン・ファーカーは、奴隷所有者で、「南部の大義の熱烈な支持者」だったが、あるとき、訪ねてきた南軍兵士に変装した北軍の斥候にだまされ、たやすいと吹き込まれたアウル・クリーク鉄橋での北軍に対する軍事妨害に手を出した。

小説は妨害工作に具体的にふれていないが、放火して鉄橋を焼失させようとしたらしい。ファーカーは待ち受けていた北軍に捕らえられ、いま、まさに鉄橋の上で絞首刑になろうとしている。首にはロープがかけられ、両手は縛られていた。この両手さえ自由にできさえすれば、川に飛び込むことができる、そうすれば弾丸を避けて泳ぎ、森に逃げ込んで家までたどり着けるのだが、という考えがファーカーの頭に浮かんだ、その瞬間、処刑が行われた。

ファーカーは川に落下しながら目を覚まし、はっきりと自分の行為を意識しながら、絶えず襲ってくる苦痛のなかで縛られている手の麻紐をはずし、一度沈んだ川のなかから浮かび上がる。その彼に気づいた鉄橋の上の北軍が盛んに射撃をしてくるのを逃れ、川の流れに翻弄されながらも、砂地にたどり着き、森に飛び込んだ。

ファーカーは森を抜けて、とうとう家に帰り、ベランダを降りてきて彼を迎える妻を抱きしめようとしたとき、「首の根の後ろに気が遠くなるような打撃を感じる。大砲の着弾音のような音と同時に、目も眩む白い光が彼の周り全体に燃え立つように輝く——次の瞬間、すべてがまっ暗になり、静まり返る!」。続いて、小説は次の文章で終わっている。

ペイトン・ファーカーは死んでいた。首の折れた、彼の体は、アウル・クリーク鉄橋に流れ集まった材木の下で、右に左にゆっくりと揺れていた。

「アウル・クリーク鉄橋での出来事」(大津栄一郎訳『ビアス短篇集』)

処刑の瞬間にファーカーは死んでいた。彼は泳いだりしなかったし、したがって橋の上の北軍には射撃の必要などなかった。にもかかわらず、脳のなかの残像のように、彼が逃げおおせるまでの心理と行動が詳細に語られる、不思議な小説である。

ビアスという作家を、日本に初めて紹介したのは芥川龍之介だといわれている。芥川がビアスを、「無気味な超自然の世界」（「点心」）を描かせればエドガー・アラン・ポオと双璧をなす、と評したのはこういう点だったのであろう。もう十年近く前のことになるが、「朝日新聞」（二〇一〇年四月四日）紙上で、筒井康隆（一九三四〜）が「アウル・クリーク鉄橋での出来事」（新聞の記事では「アウル・クリーク橋の一事件」）を取り上げ、ビアスが「この一作で文学史に残った傑作」であると讃《たた》え、「ふくろうの河」というタイトルで映画化されていることにもふれていた。

アウル・クリーク鉄橋は、小説の説明するところでは、人が渡るための橋ではなく、鉄道用の鉄橋である。では、なぜわざわざ鉄橋の上で絞首刑にしたかといえば、いうまでもなく死体の処理の手間をはぶくためだ。

戦場での処刑の恐ろしさは、多くは犯罪者ではないのに処刑されるところにある。お互いに敵であるという理由だけで、殺す。戦闘員ならまだしも、戦争を始めた理由とはなんの関係もない人々でも、戦場にいれば、殺されることはいくらでもあった。

アーネスト・ヘミングウェイ（一八九九〜一九六一）に「橋のたもとの老人」という短編小説がある。ヘミングウェイ自身も義勇軍の一員として参加したスペイン内乱（一九三六〜三九）を舞台に書かれた小説のひとつだ。

小説のなかで、「私」は指揮官の立場であるらしく、ファシストの追撃を逃れ、軍隊と、それに同行する民衆を率いてエブロ川を渡り、バルセロナをめざしているところである。ヘミングウェイの小説はみんなそうだが、書き出しからして、情景が目に見えるようだ。

鉄縁の眼鏡をかけ、埃だらけの服を着た老人が、路傍にすわり込んでいた。川には浮橋がかかっており、荷車やトラック、それに男や女や子供たちが渡っていた。騾馬《らば》に引かれた荷車が、橋を渡り切って、険しい堤をよろよろと登っていく。兵士たちがその車輪のスポークを押して手助けしていた。トラックは車体をきしませながら堤を登り切り、その場の光景から遠ざかってゆく。農民たちは足首まで埋まるような土埃の中をトボトボと歩いていた。が、その老人は身じろぎもせずにへたり込んでいた。

ヘミングウェイ「橋のたもとの老人」（高見浩訳『ヘミングウェイ全短編』Ｉ）

サン・カルロスから来たという老人は、「私」が話しかけると、二頭の山羊と猫が一匹、それに鳩のつがい四組の世話をしていた。砲撃が始まるから退避しろといわれ、その動物たちを置き去りにしてきてしまったことを苦にしている。

「私」は老人をここに置いて行きたくない。ファシストの砲撃が始まれば、老人はおそらくここで死ぬことになるからである。あるいは爆撃機が飛んできて、機銃掃射の的にされてしまうかもしれないのだ。橋は浮橋といっているから、筏をつないでその上に板を並べたようなものであろう。必要な人馬を渡し終えれば、当然、破壊するのである。いま、荷車、トラック、人間が続々と渡り、渡り終えようとしていた。

「私」は、なんとか老人を連れて行こうとするが、老人はついに動かないのである。どこに行くか、行かないかは個人の自由であって、無理強いはできない。そこにいることが危険なことは、老人にもわかっていた。

家族といえば、彼らだけだった動物たちを置き去りにしてきてしまった。もう自分も逃げ回るのはごめんだ、という老人の心である。そういう、取るに足らないようにみえる、ささやかな人の心を、ヘミングウェイは戦争という巨大な暴力と対比してみせた。

通りがかりの目撃——釈迢空　石田波郷　辻征夫

木場の水
わたればきしむ　橋いくつ。

こえて　来にしを
　いづこか　行かむ　　釈迢空

木場の橋いくつ越え来ぬ松の内　　石田波郷

木場は、水とともに橋にも気づかされるところのようである。釈迢空（折口信夫、一八八七～一九五三）の歌は歌集『春のことぶれ』（一九三〇）のなかの一首、石田波郷（一九一三～六九）の句はいつのものかわからないが、波郷は戦後間もない昭和二十一年（一九四六）から江東区の砂町に住んだから、それ以降のものだろう。この短歌と俳句の間に、戦争があった。

三浦哲郎（一九三一～二〇一〇）の「木場の橋」（一九六一）という二頁足らずの短いエッセイを読んで、私は凄惨なものをまざまざと見せつけられた気がした。「深川の木場には橋がたくさんある」ということを述べた後、三浦はこう書いている。

私が初めて木場の橋を渡ったのは、戦後、昭和二十二年の春先であった。東北の田舎から、大学を受験しに初めて上京して、出迎えてくれた兄と一緒にしらしら明けの木場を歩いた。明け方の空を映している貯木場のほとりをゆくと、鋼色の水面を渡って吹きつけてくる朝風が、寒さに馴れた私でも思わず身顫いが出るほど冷たかった。橋の一つを渡るとき、兄は不意に立ち止まり、足許を指さして私に問うた。

「この黒いしみは、なんだと思う。」

見ると、橋の上にも欄干にも、黒いしみが、あるものはまるく、あるものは箒で掃いたような線状になってついている。わからないと私がいうと、兄はいった。

「空襲のとき、炎が舐めた跡だよ。まるいのは、この橋の上で焼け死んだ人の脂。人間の脂。」

兄は、木場が焼かれた朝、自転車を担いで、折り重なった死人を跨ぎながら橋を渡ったそうである。


三浦哲郎「木場の橋」(『三浦哲郎自選全集』第十三巻)

こういう文章を読むと、広島、長崎をふくめて、アメリカがその後も世界でずっと続けている空爆ということについて、なにごとかをいってみたくなる。しかし、ここはその場所ではない。一言だけいうなら、アメリカは素晴らしい国かもしれないが、同時に空爆をする国でもあることを忘れさせてはくれないのだ。

私は直接、第二次世界大戦を知らないが、戦後を生きてきた読書好きの人間として、好むと好まざるとにかかわらず「戦後」を読み続けてきた世代の一人である。自分よりはかなり年上の、戦争で生き残った人々の書いたものを読んできたということだ。

負けた戦争を美化する人もいれば、生き残ったことを死者たちへの負い目として生きる人たちもいる。だが、もともと戦争の理由となんの関係もない庶民は、兵隊にされてひどい目にあい、生きて帰れば帰ったで、その日から暮らしに困るだけだった。

林芙美子の『夜の橋』という小説の主要人物は、復員したものの仕事がない良吉と、子ども一人を抱えて戦地からの夫の帰りを待っていた妻の静江である。二人は、夜ごと一家心中の相談をするような生活に追い込まれていた。しかし、そうした境遇から、なんとか明日への光明を見出してゆくという話である。ある夕方、着物をもって質屋へ行った帰り、静江は次のような光景に出会った。

或る広いコンクリートの橋の上まで来ると、人が五六人集つてがやがやと話しあつてゐた。月はないけれどまだ何となくうすら明るい。静江が何だらうと、その人ごみのところへ寄つてゆくと、

「電車のなかから持つてやらう、持つてやらうと云ふんでね。親切なお方もあるもん

だと、わしはそのひとに頼んでこゝまで来たんでやす。へえ、米が三升はいつてやした。小麦粉も一貫目はいつてやした。まだほかに野菜もすこしはいつてやして……、こゝで小便を一寸するからちうて、一寸油断してゐるすきに、その男は、わしの風呂敷しよつたまゝゐなくなつたでがす。わしは、米もたないぢやア家へ戻れねえ……。たいまいもする金でがす。ありあまる金でもねえ、やつと工面して、わし、千葉の知り合ひへ買ひに行つた米でがす。みんな、わしとこぢや、かへりを待つて腹空かしてやす。皆さん、どうぞ助けると思うて、その男探してくらつしやい。助けると思うて、のふうどうなその男探してくらつしやい」

婆さんはコンクリートの橋の上に坐りこんで狂人のやうに泣いてゐた。駅の近くだつたので、ぽつぽつ通りすがる人が、いつの間にか群をなしたけれど、もう暗いので、その人ごみは、みんな我身につまされて立ちさりかねるだけで、狂人のやうになつてゐる老婆をどうしてやることも出来ないのだ。

林芙美子『夜の橋』（『林芙美子全集』第十巻）

いまならひったくりや置引だが、親切ごかしに荷物を持ってやろうといって、持ち逃げするというのは、人が大きな荷物を持ち歩いていた終戦直後に多かった手口である。持ち逃げされた老婆が、橋の上で通行人に訴えるというのも、あの時代なればこそであった。

気の毒な老婆を見て帰った静江は、良吉にそのことを話すが、それだけのことで、一見物語にはなんの進展もない。しかし、奇妙なことに、橋の上の老婆を見たことが、静江たちの心に、希望とも安堵ともつかない、微妙な変化をもたらしている。それが、親子三人にとって、遠い薄明りのように見えてきたところで、この小説は終わっているのだ。

静江に、ほのかな勇気のようなものを与えたのは、なんだったのだろうか。

橋の上の老婆を、どうしてやることもできないにしても、そこに人々が集まって老婆の話を聞いていたことか。それとも、盗まれはしたが、家族のために千葉まで行って食料を手に入れてきた老婆の、生きる力のようなものだったのか。いや、おそらくそういうことをひっくるめて、その橋の上にあった、人間の温かさのようなものだったに違いないのである。

沖縄には、戦後は始まってさえいない、ということばがあるが、沖縄がそうであるなら、日本全体に、戦後はまだ始まっていないのである。近年の詩のひとつ、浅草生まれの詩人辻征夫（一九三九〜二〇〇〇）の「吾妻橋」（一九九六）を読んでみよう。冒頭に俳句を置き、続くカッコのなかの詩文が俳句に呼応するという、独特の形式をもつ詩である。

吾が妻という橋渡る五月かな
(昭和二十年代のはじめ
裏の家に住む元芸妓が
若かった母にいっている
そばにいる幼児は　彼女の眼に入らない
それがね　奥さん　おどろくじゃないの
吾妻橋で浮浪児がおままごとをしているのだけれど
女の子が　男の子の　あそこをいじっているのよ
それをアメリカ兵が大笑いしながら見ているの
おおいやだ　そうじゃありませんか　奥さん

半世紀が過ぎて　いま春雨に傘をさして
さして読まれもせぬ詩を書く男が橋を渡る
かつてこの川のほとりで　流れ寄る櫛を見て
吾が妻よ　と呟いた男があったとか——

枕橋を過ぎ　長命寺の裏を通って
昭和二十年三月十日にも焼けなかった
路地の迷路に　男は消える）

辻征夫「吾妻橋」（『俳諧辻詩集』）

知識人たちの痛手——野間宏　堀田善衛　鮎川信夫

戦後の作家というと、私はなぜか野間宏（一九一五〜九一）を真っ先に思い浮かべる。彼が終戦と同時に書き始めたという『暗い絵』や、昭和二十二年に書いた『顔の中の赤い月』に、極めて密度の高い「戦後」を、私は感じた。

野間は大正四年（一九一五）に神戸で生まれた。父が発電所勤務の技師だったため、幼少時は各地を転々とした。北野中学、三高、京都帝大と進んだが、三高時代から文学活動に入り、革命運動にも興味をもつようになる。

十一歳のとき、父が死去してから一家は困窮、野間は大学卒業後、大阪市役所に勤めた。昭和十七年一月に二十七歳でフィリピンに出征、十月に帰国したあと、戦地で反戦活動をしたのか、憲兵隊につきまとわれ、翌（昭和十八）年には治安維持法違反で大阪陸軍刑務所に投獄されている。出所後、再び兵役に服し、スマトラに出発しようとしていたとき、こういう監視の必要な者は国内に置いておいたほうがよいという理由で、足留めを食った。そのために命拾いしたわけである。終戦の年、野間は三十一歳になっていた。

『暗い絵』という小説は、友人の多くが反戦運動に身を投じて、戦地から送り返されて投獄され、獄死する者もいたなかで、自分の生き方を見つけられない主人公深見進介の苦悩を描いたものである。

現在、交際している友人たちも、当然のごとく皆コミュニストなのだが、深見は彼らに歩調を合わせることができなかった。冒頭、ブリューゲルの絵をえんえんと読み解く文章から始まるところが、印象的だ。

舞台も京都なら、深見とその友人たちは皆、京都大学の関係者であり、この小説が野間自身の自伝的な要素の濃い作品であることは明らかである。深見が永杉という友人のアパートを訪ねるくだりに、こんな一節があった。

銀閣寺の市電の線路を越え、石橋を渡り、公設市場の既に戸が降りて暗い入口の前を抜け、屋並を縫い、再びゆるい勾配の人通の少い北白川の下り坂の坂道を通つて行くと、もう古ぼけた安普請の白い塗料の処々剝がれた、コの字型の長い洛東アパートの建物が、上り始めた明るい月の光に、黒い線のはっきりした影をつけて、附近の平屋続きの小さい家並の中に、二階建の長い建物全体が、浮き出るように見えている。

野間宏『暗い絵』(『日本現代文学全集』37)

一アパートの説明にしては、ずいぶん詳細を極めたものだが、野間の小説の文体は、かくのごとし。風景であれ、心理であれ、必要と思ったところでは、徹底的に記述しつくすのだ。「銀閣寺の市電の線路を越え、石橋を渡り」とある石橋は、なんという橋かはわからないが、何度か出てくる。

野間は戦後、一気に多量の中短編を書いたが、『崩解感覚』(一九四八)もその一つであった。これも主人公の戦争体験が下敷きになっているが、東京を舞台にした小説で、飯田橋が出てくる。

いま、東京で飯田橋といったら、駅とその界隈を意味する呼称で、飯田橋という橋のことだとはだれも思わない。隣の水道橋の場合は、まだ白山通りに架かる橋が目立っていて、それに気づけば、水道橋は橋なのだと思うこともあるだろう。だが、現在の飯田橋のほうは、駅を出て左手に飯田橋があることはあるが、縦横に陸橋の走る、まとまりのない、だだっぴろい交差点という印象のほうが支配的だ。

それが、『崩解感覚』を読むと、この小説が書かれたころは、まだ飯田橋は何よりも橋であったことがわかる。主人公の及川隆一は、下宿で首吊り自殺があったために、一時間以上も遅れて恋人の西原志津子との待ち合わせ場所、飯田橋に着いた。

既に橋のたもとにはすつかり夕暮の色が下りていた。都電の安全地帯には勤め帰りの人々が長々とつづき、順番を待つていた。及川隆一は省線の飯田橋駅を下りて、出口にでると、この彼に親しみのある円味の少いコンクリートの飯田橋の左の橋の欄干を中心として、遠く水道橋の方に展げられる夕暮の風景の中に、西原志津子のあの左肘を後につき出して、少しく前かがみになつている円い背中が見えないことをたしかめた。

野間宏『崩解感覚』(前同)

野間宏は、特別に橋を意識していた作家ではなかったかもしれないが、「戦後」ということを考えていてなつかしくなり、読み返してみたら、はからずも飯田橋が登場していた。東京の作家だと、飯田橋を小説の舞台にしようという発想は浮かばないのではないかと思う。

時代は下るが、堀田善衞（一九一八〜九八）が『橋上幻像』という小説を書いている。難解な小説で、私などは読んでもよくわからなかった。『橋上幻像』は一九七〇年に発表されたが、堀田は野間より四歳年下、作家活動に入ったのも野間より二、三年遅れただけの、同世代の作家であった。

『橋上幻像』という小説は、三部に分かれているうえに、「橋へ」というプロローグと、「報告」というエピローグがついている。

まず、プロローグでY字形の橋のことが語られるが、これは銀座から新富町と築地に架かっている三吉橋のことで、三島由紀夫が『橋づくし』に舞台として登場させたのと同じ橋だ。作者は、この橋に並々ならぬこだわりをもって説明しているが、そこのところからして、なにをいわんとしているのかわからない。

続く第一部「彼らのあいだの屍」は、男と女が、その橋のたもとのホテルでの情事のあと、男の戦友であり、女の恋人だった男が、男もいた悲惨な戦地で自殺したことについて語り合う。第二部では、男と外国人の女がナチス・ドイツを描いたらしい映画の試写会を見る話。第三部は、朝鮮生まれの青年がアメリカ人になりベトナムで戦っているときに脱走して、日本人のところで世話になるというもの。

登場人物もバラバラで、三篇に共通しているのは、いずれも戦争のからむ陰鬱《いんうつ》な話だという点だけである。作者が相当に興味を寄せていたはずのY字形の橋のことなどは、早くも第一部が始まって途中までくると、どこかに吹っ飛んでしまった。

この小説は、ひところ出版社が盛んに出した文芸書の「書き下ろしシリーズ」の一冊だったらしく、ふつうの単行本なのに「付録」がついている。「付録」では、著者の堀田と、安岡章太郎が対談をしていた。そのなかで、堀田はこんなことをいっている。

Y字形の橋のおもしろいところというのは、ちょうど真中の、Y字形のつながるところがひどく抽象的に見える。それがおもしろいのね。

堀田善衞『橋上幻像』付録

鍵は、この「抽象的」というところにありそうである。そもそも『橋上幻像』という小説が、抽象的とでもいうしかないものであった。抽象絵画を説明するように、この小説にももっともらしい説明がつけられないことはないだろうが、いまは、むしろ読後の、よくわからない、いがらっぽさをそのまま感想にしておくことにする。ただひとつ、よくわかるのは、堀田善衞という知識人が、戦争の痛手を負っているということであった。

小説を書いているうちに、どこかへいってしまった橋の始末をつけなければと思ったのか、堀田はエピローグの「報告」で、こう書いていた。

私たちの住む都市にあるＹ字形の橋のあるところへ、近頃私は、実に久方ぶりで行ってみた。そうして私には、その場所がもとのＹ字橋のあったと同じところであると認めるのに、いささかの努力が必要であった。橋の下を流れていた、あるいは澱《よど》んでいた川がなくなってしまっていたのである。川の代りに、自動車が、流れていた。

堀田善衞『橋上幻像』

三吉橋の下の川は水を抜かれ、激しく車の往来する道路になっている。

『橋上幻像』は魅力的な顔をもった小説だが、私には歯が立たなかった。私にとって、いちばんおもしろい本とは、難解で理解できないが、読んでいると、感覚的に、というよりは生理的に快感をもたらしてくれる種類のものである。文学書にかぎらず、哲学書でも科学の本でも、分野はなんでもかまわない。私が好んで詩を読んできたのは、わからなくてもおもしろいものにしばしば出合えるからであった。

私にとって、難解だがおもしろい詩をたくさん書いている詩人に、鮎川信夫がいる。たとえば、「橋上の人」。

彼方の岸をのぞみながら
澄みきつた空の橋上の人よ
汗と油の溝渠のうえに、
よごれた幻の都市が聳えている。
重たい不安と倦怠と
石でかためた屋根の街の
はるか、地下を潜りぬける運河の流れ、
見よ、澱んだ「時」をかきわけ、
櫂で虚空を打ちながら
下へ、下へと漕ぎさつてゆく舳の方位を。

橋上の人よ、あなたは
秘密にみちた部屋や
親しい者のまなざしや

書籍や窓やペンをすてて、
いくつもの通路をぬけ、
いくつもの町をすぎ、
いつか遠く橋のうえにやってきた。
いま、あなたは嘔気をこらえ、
水晶　花　貝殻が、世界の空に
炸裂する真昼の花火を夢みている。

鮎川信夫「橋上の人」Ⅰ

八篇に分かれている詩の、第一篇である。

私の場合は、こういう詩を読んで、具体的なイメージを思い浮かべる必要を感じない。ことばそのものが豊かなイメージであって、橋の上に人が立っている映像などを頭のなかにつくり出すことは、かえって邪魔になるだけだ。「はるか、地下を潜りぬける運河の流れ、」という一行にも、実際の運河は要らないのである。

鮎川の詩には、戦争の影がときにははっきりと、ときにはそこはかとなく射し込んでいる。「橋上の人」にも「橋上の人よ／どうしてあなたは帰つてきたのか」という詩句がある。

るが、鮎川の詩のなかの人物は、必ずといっていいくらい、どこからか帰ってくる。それが戦場からの帰還を思わせるのが、鮎川の詩の世界だ。

鮎川は昭和十七年に入隊、昭和十九年、スマトラから傷病兵として帰国した。

六、人生は橋を渡る

「甲斐の猿橋」　山梨県大月市

泣きに行く——三浦哲郎　フランツ・カフカ　富永太郎　中原中也

橋に生ふ小草いろいろ露涼し　　たかし

土橋とは、こういうものである。橋に土が盛られているから、いろいろな草が生え、小花が咲いたりするのだ。なかには、すっかり草に覆われてどこまでが橋だかわからないようなものもある。

私が育ったころの田舎には、土橋はどこにでもあった。ちなみに、句の作者松本たかし（一九〇六～五六）は、東京で宝生流能役者の家に生まれたが、病弱のために若いころから俳句に専念し、作風、風貌から貴公子といわれた人である。

三浦哲郎の短篇小説に『土橋』がある。語り手の「私」が東北の郷里から上京してきた「おふくろ」から、「私」自身も顔見知りである藤六という爺さんのうわさ話を聞くという筋だ。

「おふくろ」は、「近頃、爺さんは死んでくるといって家を出ると、まっすぐ村はずれの川までいって、そこの土橋の上に蹲《うずくま》って長いこと泣きじゃくっている」といううわさを耳にする。藤六爺さんは、婿養子とそりが合わない上に、若いころからの大酒がたたって、泣き中風なる病気にかかっていた。「おふくろ」は近くに法事で出かけるついでに、藤六爺さんのところへ寄って様子でもみてこようと思う。爺さんのところまで「おふくろ」を乗せていったタクシーの運転手が、「居だがい。お客さんですじゃ。」と声をかけると、爺さん本人が「居ね。」(居ない、の意)と返事をするありさまだったが、結局「おふくろ」は爺さんに会うことができた。

爺さんが泣いてばかりいるから、碌に話もできなかったが、それでも爺さんの土橋通いが、実は一種の気晴らしにすぎないということがわかった。初めのうちこそ、こんな暮らしをしているよりは死んだ方が増しだと思って、ときどき悔しまぎれにそんなことを口走ったりしたものだが、そのたびに婿がどぎまぎするのを楽しんでいるうちに、近頃ではもう、お互いに死ぬという言葉に馴れてしまって、婿は勝手にしろというようになった。婿が勝手にしろといってくれるのは、こんなときぐらいのものだから、しばらく外の空気を吸ってくるつもりで家を出て、結局、最後には、本気で死ぬならまずここだと内心ひそかにそう思っている土橋の上まできてしまう。そこに蹲って、長いこと風に吹かれていると、なんとはなしに泣けてくるのだと、爺さんはそういった。

三浦哲郎『土橋』

土橋といえば、あまり大きな橋は思い浮かばない。したがって、土橋から飛び込んで死ぬというのも、想像しにくい話だ。そんな土橋を死に場所と決めている藤六爺さんは、どこか滑稽である。だが、土橋を「本気で死ぬならまずここだと内心ひそかにそう思っている」藤六爺さんにとって、土橋は必ずしも物理的な意味での死に場所ではないのである。そこへ行くと、現実を逃れた楽な世界が見えてきて、癒しを感じることのできる場所なのだ。土橋で蹲っていると、死後の、極楽が見えてくるといってもいいのだろう。爺さんの土橋通いにはおかし味があるが、悲惨な老年を癒してくれるものが土橋の上であるという、不思議な救いが物語られているのである。

橋から飛び降りる投身自殺は、かつてはいくらでもあった気がするが、このごろはあまり聞かなくなった。

川に飛び込んで死ぬ話を扱った小説で、忘れられない短編がある。

チェコのプラハに生まれ、同地で生涯を終えた作家フランツ・カフカの、「判決」（池内紀訳）だ。若い商人ゲオルク・ベンデマンは、商売で成功し、資産家の娘とも婚約して順風満帆。そのことをペテルブルクで商売を始めたものの、どうやら失敗したらしい幼友達に、自分の成功を見せびらかすことになりはしまいかと、気がねしつつも知らせる手紙を書いたところだ。「遊び半分にわざとゆっくり封をしてから、机に肘《ひじ》をついて窓の外をながめていた。河が見える。橋が見える。対岸の丘がうっすらと緑をおびている」

この描写は、プラハの旧市街のユダヤ人地区からヴルタヴァ川をはさんでフラチャニの丘を眺める風景を思わせる。フラチャニはプラハの城と大聖堂が建っている小高い丘だ。ゲオルクは、手紙を書いたことを、年老いて要介護の状態になっている父に知らせようと、父親の部屋に入ってゆく。母親はすでに亡くなっていた。

二人の会話は初め、わからずやの父親と好青年の息子の会話、という趣なのだが、読者は途中から、印象が逆転し、厳しい父親と欺瞞的な息子の対決になっていることに気づかされる。ゲオルクは、いつの間にか、助けるべき友人を見殺しにし、内心は父親の死さえ願いかねないエゴイストになっているのだ。

最後に、ゲオルクは父親から、こう宣告される。父親の宣告も過激だが、そのあとの息子の行動はもっと過激だ。「自分のほかにも世界があることを思い知ったか。これまでおまえは自分のことしか知らなかった！　本来は無邪気な子供であったにせよ、しょせんは悪魔のような悪《わる》だったわけだ！　――だからこそ知るがいい、わしは今、おまえに死を命じる、溺れ死ね！」。ゲオルクはこのことばを聞いて表に飛び出した。

戸口をとび出し、車道を疾走して河へ向かった。彼は早くも橋の手すりをつかんでいた――飢えた人が食物をつかむように。つづいて体操の名選手さながらひらりと手すりをとびこした。事実、彼は幼いころ体操が得意で、両親は鼻高々だったものである。ゲオルクは手すりをしっかり握っていた。次第に力が失せていく。欄干《らんかん》の鉄の桟《さん》ごしにバスが走ってくるのが見えた。ごうごうと音が近づいてくる。彼は小声で言った。

「お父さん、お母さん、ぼくはいつもあなた方を愛していました」

そして手を放した。

この瞬間、橋の上にとめどない無限の雑踏がはじまった。

フランツ・カフカ「判決」（『カフカ短篇集』池内紀訳）

短編小説「判決」は、このように終わる。驚かされるのは、物語の途中で起こる奇妙な逆転だ。プラスと思っていたものがマイナスになり、マイナスと思っていたものがプラスになってしまうのは、怖ろしい。

ゲオルクはなぜ、橋から飛び下りて自殺したのか。そこには父親をふくむ環境のなかでの、自分自身の育ち方への深い絶望があるようだ。当時、プラハはドイツ人に支配されていたが、作者のカフカはドイツ人でもなく、かといってドイツ人の支配に抵抗していたチェコ人の仲間でもない、ユダヤ人であった。生まれ故郷のプラハに暮らしながら異邦人のような境遇にあった人物である。

物語に登場する川と橋はヴルタヴァ川（ドイツ語でモルダウ川）と、カレル橋よりは上流に架かるチェコ橋あたり（まだチェコ橋は架かっていなかったか）だと思われるが、カフカは小説のなかで川や橋の名前にはふれていない。必要がないといえばそれまでだが、チェコ人の作家であったなら、むしろ川と橋の名前を強調したはずである。愛着とはそういうものだ。

いま、名前の出たカレル橋は、プラハの有名な橋である。プラハの町は、南から北に流れるヴルタヴァ川をはさみ、川の西にプラハ城や大聖堂などのあるフラチャニの丘と、その南側の斜面の城下町（マラー・ストラナ）があり、川の東側には古くから市民たちの住んだ旧市街と、その外側に広がる新市街がある。

マラー・ストラナと旧市街の間を流れるヴルタヴァ川を渡る橋はいくつかあるが、もっとも古い橋が、カレル四世（一三一六〜七八）が架けたことからその名がある、カレル橋だ。十七世紀以降、両側の欄干にずらりと建てられた三十体もの聖人像が、この橋の特色をなしている。十五世紀初頭に完成した現在の石橋は、修理しながら、少なくとも五百年以上はプラハの人々を渡し続けてきた。

私がこの橋を渡ったのは、二〇〇二年の十一月。橋の上には、名物の刺繡などを売る土産物屋があり、マリオネットをあやつる見世物や、ジャズを演奏する三人組の男などがいた。そういうものを覗きながら歩いていると、縁日の神社の参道でも歩いている心持になり、そこが橋の上だということをすっかり忘れていたくらいであった。

カレル橋の東の橋詰には、「ヴルタヴァ」（日本では「モルダウ」で知られる）の名曲を残したチェコの作曲家スメタナの記念館もある。

カフカの「判決」の橋は、一瞬の死に場所である。『土橋』の藤六爺さんにとっては、本人は死に場所といっているが、橋こそ生きる場所になっていた。橋についてあれこれ語る人にとっては、間違いなく橋はその人が自分を見つめ、生きる場所である。

たとえば、富永太郎（一九〇一〜二五）に「橋の上の自画像」という詩がある。なぜ、ただの「自画像」ではなく「橋の上」なのかといえば、やはり、この詩人にとっても、橋は、心が動き、己を見つめる場所だったのであろう。

今宵私のパイプは橋の上で
狂暴に煙を上昇させる。

今宵あれらの水びたしの荷足《にたり》は
すべて昇天しなければならぬ、
頬被りした船頭たちを載せて。

電車らは花車《だし》の亡霊のやうに
音もなく夜《よ》の中に拡散し遂げる。
(靴穿きで木橋《もくけう》を踏む淋しさ)
私は明滅する「仁丹」の広告灯を憎む。
またすべての詞華集《アントロジー》とカルピスソーダ水とを嫌ふ。

哀れな欲望過多症患者が
人類撲滅の大志を抱いて

最期を遂げるに間近い夜《よる》だ。

蛾よ、蛾よ、
ガードの鉄柱にとまつて、震へて
夥しく産卵して死ぬべし、死ぬべし。
咲き出でた交番の赤ランプは
おまへの看護《みとり》には過ぎたるものだ。

富永太郎「橋の上の自画像」(『現代日本名詩集大成』8)

富永太郎は二十四歳で夭折した詩人である。東京の湯島に生まれ、二十二歳のとき上海に旅行、同人誌『山繭』に作品を発表し、研究所に通って油絵を描いていたこともあった。重い肺結核におかされ、自ら酸素吸入器をはずして死んだ。

小林秀雄、中原中也(一九〇七〜三七)、大岡昇平ら友人たちによって、この詩人の詩が伝えられたことは周知の通り。「橋の上の自画像」は大正十三年(一九二四)の作。明治に生まれ、大正時代に亡くなった人のなかに、これだけモダンな詩を書く詩人がいたことに、改めて驚かされる。

夕暮れの橋の上で、川舟で働く人や、街の灯、橋の灯に集まる蛾などに目を留めながら、それらの風景に対する視線そのものが、自画像になっているのである。

自ら絵を描いた詩人にして、「自画像」という発想があった。硬質なことばで構築されたこの詩が、しかし、アバンギャルドという次元にとどまるものではなく、読む者に深い愉悦を感じさせるのは、生来、詩人がもっている諧謔精神のなせる業である。この詩には、いってみればチャップリンの初期の無声映画に通じるような、ユーモアとペーソスがある。

詩に出てくる橋は、むろん想像上の橋で少しもかまわないのだが、橋の上から荷舟や船頭の姿が見下ろせる川となると、隅田川あたりの橋が真っ先に思い浮かぶ。それに、詩中の「仁丹」の広告灯」は、例の、口髭を生やし、大礼服を着た官吏の顔をシンボルに用いた電飾広告だが、明治時代からある浅草のものが有名であった。

あれこれ思い合わせると、富永の橋は、吾妻橋あたりかと思われるのだが、気になるのは、カッコにくくられている「(靴穿きで木橋を踏む淋しさ)」という一行である。大正末期に吾妻橋が木の橋ということはあり得ないからだ。しかし、これも、関東大震災で破損するまでの吾妻橋には、鉄橋ではあったが木の橋板が使われていた、ということがわかって得心がいった。昭和六年(一九三一)に現在の橋が架かるまでの仮橋も、橋板は木だったようである。

富永は短い人生の二か月を費やし、上海を放浪したが、寒気の強い大陸は彼の持病を悪化させただけであった。帰国して京都に遊んだ。このとき、郷里の山口中学を落第し、京都の立命館中学に転校していた中原中也と知り合っている。「橋の上の自画像」は富永にとって死の前年の作だったが、三十歳で早逝した中也もまた、死の前年に「ゆきてかへらぬ――京都――」という詩をつくっていた。九連中、最初の二連。

僕は此の世の果てにゐた。陽は温暖に降り洒ぎ、風は花々揺つてゐた。

木橋の、埃りは終日、沈黙し、ポストは終日赫々と、風車を付けた乳母車、いつも街上に停つてゐた。

中原中也「ゆきてかへらぬ――京都――」(『現代日本名詩集大成』7)

中也の、京都時代の自画像かもしれない。富永の「(靴穿きで木橋を踏む淋しさ)」ということばに端的に表れているように、大正時代の「木橋」は、新時代の風俗のなかで、古い日本を引きずっているものに見えたに違いない。だからそれが古くさいというのではなく、「木橋」が彼らのなかの深いところにふれていると感じさせるのが、富永や中也の詩であった。

「木橋の、埃りは終日、沈黙し」という中也の詩句は、木橋が彼の生きる淋しさにつながるひとつの風景であったことを物語っている。機関銃を連射するような富永の詩風に対して、けだるく唄うような中也のリズム、両者ともに自身の生理に根ざした詩法をもっていた。

金子兜太（一九一九〜二〇一八）に、次のような句がある。これも金子の若い日の自画像であろうか。「白服」は夏の季語である。白い詰め襟の学生服か、あるいは白絣の着物でも着た少年が、他の人たちがさっさと渡って行くなか、一人ゆっくりと橋を渡って行くのが目についたのだ。なにかもの思いにとらわれている風情である。

白服にてゆるく橋越す思春期らし　　兜太

隠れ住む男たち——内田百閒　松本清張　村松友視

富永太郎には諧謔精神があるといったが、詩人であれ作家であれ、創作家にとって諧謔は非常に大切な資質であると私は思う。質のよいユーモア、おかし味、俳諧味のある作品は、時代をへても古くはならない。夏目漱石のおもしろさ、村上春樹の魅力といったことを考えてみても、諧謔という要素がいかに大きなものであるかがわかるのである。

そんな諧謔を生命とした作家の一人に、内田百閒（一八八九〜一九七一）がいた。この作家の文章に魅せられ、お手本とした人は数多い。岡山市生まれで、漱石を師と仰ぎ、諧謔味あふれる幾多の文章を残したが、百鬼園の号でつくった俳句だけは、案外に滑稽味に乏しい正調である。

砂風の橋を落ち行く帰雁哉　　百鬼園

雁《がん》帰る春のころ、強い風が橋の上の砂を吹き落としてゆく風景をとらえた、印象深い一句である。どこの橋であろうか。

百閒に『面影橋』（一九五八）という小説がある。彼の小説は、すっかり小説の気分になって読んでいると、いきなり実在の人物が実名で出てきて、驚かされたりする。『面影橋』も、小説と思って読んでいたら、芥川龍之介が登場してきた。それも社会的な存在としての芥川ではなく、小説の主人公「私」と親しい知人としての芥川なのである。

主人公の「私」は、「学校を出て家を持ち、教師になって何年かを過ごしたが、自分の不始末で暫らくどこかに蒙塵《もうじん》し息を殺していなければならぬ羽目に陥った」身である。家庭がありながら、下宿を見つけて一人暮らしをしていた。下宿は、都電荒川線の終点早稲田に近い神田川沿いのどこかで、電車に乗るためか、面影橋を渡る必要のあるところのようである。

小説は、わずかな原稿料をあてに暮らす「私」の周りの、下宿の住人たちの日常、下宿屋の間の抜けた経営——下宿人が集まらないので、旅館まがいのことも始めるが、客にさんざん飲み食いされて踏み倒されてしまう——の話などが書かれたあと、ある日、「私」のところに、「芥川さんがなくなられました。自殺です」という電話がかかってくる。

そのあたりから、年譜などでも確認できる百閒と芥川の実際の関係が書かれていて、小説という気がしなくなってしまうのだ。百閒が大学では芥川とはほとんど接触がなく、漱石のところで改めて知り合い、芥川の世話で横須賀の海軍機関学校に職を得たこと等々。

とりもなおさず、「私」は、田端の芥川家に弔問に行こうとして、下宿を出、面影橋を渡る。

面影橋の上には風が吹いている。起ち止まって川下の方を眺めた。風は上手《かみて》から吹いて来る。水の表面がところどころ風の為にささくれて蓆《むしろ》の様になって、流れより速く水の上を向うの方へ走って行った。

この前訪ねた時、「君の本当の事は、君の奥さんよりも、お母様よりも、僕の方がよく知っている」と云った。

薄暗い書斎の中に起ち上がり、長身を伸ばして鴨居《かもい》の額の後ろに手を入れ、綺麗な百円札を取り出して私に渡した。

内田百閒『面影橋』

「この前訪ねた時」以下は、芥川のことを書いているのである。この数行から、芥川という人物のもっていた、どこか奇怪な雰囲気が伝わってくる。

ここを読むに至って、小説がなぜ『面影橋』というタイトルになっているのかがわかったような気がした。百閒はおそらく、芥川の面影と、面影橋という橋の名を重ね合わせているのであろう。

小説ではなく実際の話でいえば、芥川龍之介は百閒に仕事がないのを心配して、自身が自殺をするその年（昭和二年）に、「内田百閒氏」（『文藝時報』）という広告文を書いている。なかに、「内田《うちだ》百閒氏《けんし》は今早稲田《いまわせだ》ホテルに在《あ》り。誰《たれ》か同氏《どうし》を訪《と》うて作品《さくひん》を乞《こ》ふものなき乎《か》。

僕《ぼく》は単《たん》に友情《いうじやう》の為《ため》のみにあらず、真面目《まじめ》に内田《うちだ》百間氏《けんし》の詩的天才《してきてんさい》を信《しん》ずるが為《ため》に特《とく》にこの悪文《あくぶん》を草《さう》するものなり」とあるから、百閒は芥川が死んだときは、早稲田ホテルというところにいたようだ。『面影橋』に書かれたことは、おおむね事実に近いものであったことがわかるのである。

現在も、都電荒川線には面影橋という停留場があり、神田川に架かる面影橋も健在だ。もっとも、コンクリート造りで、緑色に塗られた鉄の手摺のついた風情も何もない橋である。百閒は昭和二年の話を昭和三十三年に書いているが、もともと風情のない橋が、戦争をはさんでずっと架かっていたのだろうか。小説は、面影橋の形状のことなどはなにも述べていない。

野坂昭如（一九三〇～二〇一五）は戦後の焼け跡の風景回顧のなかに、「都電というと、何やら下町にふさわしい感じだけれど、早稲田近く、面影橋あたりを過ぎるこの姿も風情があった」（『新宿花園町懐古談』）と書いていた。だが、橋よりもなによりも、この都電が今日も走っていることのほうが、奇跡に近い事実である。

面影橋の名前の由来については、橋のたもとに説明板が立っているが、どうにもそれには興味がもてない。私は、面影橋を面影橋にしたのは、内田百閒だと思っている。

『面影橋』の「私」のように、隠れ住むということに、男は妙に魅力を感じるものだ。女はどうか知らないが、男なら、一度や二度は失踪の衝動に駆られた経験をもっているのではないだろうか。

前にも書いたことがあるが、このことに関連して、私の頭にこびりついているのは、松本清張（一九〇九〜九二）が『清張日記』の「日記メモ」に書き残した、つぶやきにも似た数行であった。ラオスのビエンチャンでアヘンを試みたとき、アヘン窟でアヘンを三服ばかり吸ったあと、清張は、こんなことを書いている。「失踪《しっそう》してからこういう場所にかくれ、生涯を果てるのも悪くはない、と暗い露地を出ながらふと思った」

村松友視（一九四〇〜）が昭和五十六年（一九八一）に書いた『泪橋』では、主人公の工藤はもとホストクラブに勤めていて、ヤクザの女房との情事がばれ、名前を変えて隠れ住んでいた男である。隠れたところは、京浜急行線沿線に立会川という駅があるが、そこを流れる立会川に架かる浜川橋、別名泪橋の近くの、洋服屋の二階だった。洋服屋の加吉は当時、工藤を学生運動の過激派と思ってかくまったが、もうひとつ裏の事情がありそうだと気づいているふうでもある。

いまは、秋子という堅気の女と別の街で暮らしている工藤は、久し振りに訪ねた加吉のところで、まるで工藤の後釜のようにかくまわれている、千鶴という女に出会う。彼女は新興宗教の監禁から逃れてきたことになっていたが、実はトルコ風呂からの足抜けらしいことを、工藤の嗅覚はかぎ当てていた。同類が吸い寄せられるように二人は近づき、関係をもつが、千鶴が姿を消してしまったところで、小説は終わっている。

過去への後ろめたさを抱きながら、奇妙に過去に引き寄せられてもいる工藤は、始終泪橋の上にやってくる。泪橋の上で水鳥を眺めていた日が、彼のそれ以前の日々とつながっているのだ。千鶴はいわば、彼の過去の世界から現れた女である。工藤が千鶴を初めて抱くことになった日、二人は泪橋から大経寺まで歩いて、千鶴が蚊にくわれたといってスカートをまくりあげて脚を見せたりした。

工藤は千鶴の仕種をじっと見つめながら、軀の奥底で何かがはじけるのを感じた。忘れかけていたものが小さな点となって生じ、立会川の水鳥のように羽をひろげて近づいてくるようだった。

村松友視『泪橋』

泪橋という橋の名の由来については、『泪橋』の書き出しが、簡にして要を得た説明をしてくれている。「刑場に曳かれていく科人《とがにん》が、家族や縁者と今生《こんじょう》の訣れをする場所にちなんで、そこをながれる川は立会《たちあい》川と呼ばれた。立会川に架かった浜川橋には泪《なみだ》橋と別名がつけられ、鈴ケ森という名だかい刑場のなごりを今にとどめている」と。

ここで説明されている場所は、現在は品川区南大井という住所のなかにすべて入ってしまう、狭い区域である。村松はこの橋の由来から生まれるイメージによって小説を書いたのであって、橋の見た目に風情があるからではなかった。その意味では、橋の名前をシンボリックに使った百閒の『面影橋』と近いものがある。

実際に訪ねてみると、泪橋（浜川橋）は、十歩も歩けば渡れてしまえそうな、小さなコンクリートの橋である。もともとのコンクリートの低い欄干の上に、新たに緑色に塗られた鉄の欄干が加えてあった。商店街は橋のたもとと京急立会川駅をつなぐ細い路地。大経寺は橋を西へ渡って、立会川の次の大森海岸駅の近くまで、ほぼ一駅歩いたところにある。大経寺の本堂を見て、一驚した。一昔前の映画館かなにかを、正面だけ格子戸にして、寺に流用したとしか思えないような異様な建物である。

過去をもち、隠れ住んでいる人間にとっては、橋は過去と現在とをつなぐ場所であるようだ。そういう人間は、橋にやってきて過去の自分に出会い、いまの自分を見つめているのである。『面影橋』の「私」も、『泪橋』の工藤もそうであった。つまり、橋というもの——橋とその下を流れる水——は、猥雑な日常の背景から人間を切り離し、己自身の姿を見せてくれる作用をもつもののようである。

向こう側のもの――グレアム・グリーン　池谷信三郎

橋はこの世からあの世へ、此岸から彼岸に渡るもの、というようなことがよくいわれる。正直のところ、私にはそういう感覚はよくわからないのだが、思うに、それは橋が両岸をつなぐものではなく、両岸を分けるもの、ととらえられたときに起こるのではないだろうか。橋を渡れば別の世界、国境に架かる橋などはまさにそういうものだ。

グレアム・グリーン（一九〇四〜九一）の『橋の向う側』（一九三八）は、アメリカ合衆国とメキシコの国境に架かる橋の、メキシコ側の町で起こる事件の話である。国境のなんという橋なのか、橋の両側にある町はどこの町なのか、地名は一切出てこない。しかし、橋の存在感、町の雰囲気というものが見事に描き出された小説だ。極めて視覚的な小説で、ウィリアム・ホールデンあたりが出てくる一九五〇年代の、時間をかけてじっくりとつくられたアメリカ映画でも観ているような読み心地である。

百万長者でありながら、詐欺罪に問われて亡命中のイギリス人ジョゼフ・キャロウェイは、ガテマラやホンジュラスを逃亡し、いまはアメリカ合衆国と国境を接するメキシコの小さな町にいる。国境には川が流れているらしく、合衆国側とは橋で結ばれていた。たまたま旅の途中に立ち寄った「私」は、キャロウェイの行動を興味をもって見つめている。キャロウェイが追われている百万長者だということを、町中の者が知っているが、キャロウェイ自身は知られていることを知らない。一匹のイングリッシュ・セッターもどきの犬を連れているキャロウェイは、なにかというと、その犬を蹴とばす。彼はなにを思ってメキシコの田舎町にいるのかはわからないが、毎日橋を見にきて、向こう側の合衆国を眺めていた。

そこへ、ある日、アメリカ合衆国から、キャロウェイを捕らえるべく二人の刑事がやってくる。

私は刑事の一人にアントニオ酒場で出くわした。彼はくさっていた。橋を渡ればもっとちがった人生が展開されるだろう。もっとずっと豊かな色彩と、太陽の光と、そして——恐らく——恋とが待っているだろう、とぼんやり考えていたのに、そこにあるものといえば、夜来の雨が水たまりをつくっている、だだっぴろい泥んこの街路、疥癬《ひぜん》にかかった犬、寝室の悪臭と油虫、せいぜい恋に近いものとしては、商業学校の開けひろげたドアだけだった。ここでは美しい混血娘たちが午前中ずっとタイプライターを習っていた。カチ、カチ、パチ、パチ——恐らく娘たちも夢——橋の向う側へ行って就職する、するとそこではもっとずっと豪奢な、洗練された、愉快な人生が展開されるという夢——を抱いていたことだろう。

グレアム・グリーン『橋の向う側』（青木雄造、瀬尾裕訳）

そして、キャロウェイと刑事が、お互いに犯人とも刑事とも知らずに交わす会話のなかで、キャロウェイもまた「国境の橋の向うにはなんでもすばらしいものがあると想像している」ことがわかってくる。

刑事たちは、スペイン語が話せないために、町中の人が知っているキャロウェイを目の前にしてもわからず、行きずりの外国人同士として世間話をして、「私は勤務中なのです。ある男を探しておるのです」などと犯人に向かって自ら刑事であることをばらしてしまったりするのだ。そのためにキャロウェイはいったん姿を消すが、一週間もすると、彼と刑事たちとの三人は、同じ汽車に乗って戻ってきた。キャロウェイの逃亡術は、刑事たちのまずい捜査術よりもさらにまずいものだったのである。

小説は、ことあるごとに蹴とばしていた犬を、実はキャロウェイがこよなく愛していたことがわかるところで終わる。刑事のうちの一人が、車のなかに隠していた犬がキャロウェイに気づいて走る車から飛び出し、車は犬を避けようとしてハンドルを切り、キャロウェイを轢き殺してしまったのであった。必死に犬を探していたキャロウェイは、犬を見つけた瞬間、車の存在など忘れてしまったのである。

橋の両岸の町を熟知していて、どちらの町もたいして違いのないことを知っている「私」以外の人々は、キャロウェイも、刑事たちも、メキシコの町の人々も、皆「橋の向う側」にすばらしい世界があるという幻想を抱いている。あるいは抱いていた。

その幻想は、キャロウェイの死というような事件があったからといって、消えるものではないのである。アメリカと国境を結ぶメキシコの橋のたもとには、これからも橋の向こう側への漠とした希望がただよい続ける。『橋の向う側』は、そういうことを思わせる小説であった。

橋の向こう側を知らない男が、橋の向こう側からやってくる女と恋をする、という筋の小説を、池谷信三郎（一九〇〇〜三三）が書いている。池谷信三郎という作家を、私は文学史上の人物としてしか知らなかった。新感覚派という文学上の動向が語られるときに、川端康成、横光利一などとともに、名前があげられることがある。その池谷に、『橋』（一九二七）という作品があるのを今度初めて知り、読んでみた。

私が、読んでもいないくせに池谷の名前だけは知っていたのは、近代文学史のなかで、新感覚派と呼ばれた作家たちの存在を常々好ましく思っているせいでもある。ことに彼らの文章上の工夫をおもしろい試みであると思ってきた。

新感覚派を代表する文章として、よく引き合いに出されるのは、横光利一の「特別急行列車は満員のまま全速力で駆けてゐた。沿線の小駅は石のやうに黙殺された」（『頭ならびに腹』）という一節。池谷の『橋』を読んでいると、こういう文章に出合った。「夜が都会を包んでいた。新聞社の屋上庭園には、夜風が葬式のように吹いていた」。なるほど、新感覚派である。

小説の主人公「僕」は、クララ・ボウという女優に似た女「シイカ」とつき合っているが、彼女はいつも町外れの橋を渡ってやってくる。そして、デートのあとは橋の向こうに帰って行くが、彼女がどこでどういう暮らしをしているのか「僕」は知らない。

町の外《はず》れに橋があった。橋の向うはいつでも霧がかかっていた。女はその橋の袂《たもと》へ来るときまって、さよなら、と言った。そうして振り返りもせずに、さっさと橋を渡って帰って行った。彼はぼんやりと橋の袂の街灯に凭《よ》りかかって、靄の中に消えて行く女の後姿を見送っている。（中略）それからくるりと踵《くびす》を返して、あの曲りくねった露路の中を、野犬のようにしょんぼりと帰って来るのだった。

池谷信三郎『橋』（『日本の文学』79）

そっと女のあとをつけてでもゆけば、住んでいるところくらいはつき止められたかもしれない。だが、育ちがよく、知的で都会的な青年である「僕」には、そんなストーカーまがいの行為は思いも寄らなかった。それに、橋を渡るときの彼女に、彼にそういうことを許さない決然としたものがあったのである。

小説は最後に、女をめぐって劇場で男同士が争い、殺人事件が起こるなど、意外な展開をみせるが、私はそのあたりはほとんど無視した。読むべきところは、男が、女の素性もわからなければ、了見もはかりかねながら、メランコリックな気分でデートを重ねているところまでである。

大正時代の銀座あたりの都会風俗をふんだんに取り入れ、ドイツ留学仕込みなのか、しきりに横文字が飛び出す池谷の文章は、橋をはさむ男女の交際を半ば遊戯的に描いているが、従来の小説の写実的な描写に対して、ややシュールなリアリティーをつくり出そうとしたもののようであった。ちなみに、東京の京橋に生まれた池谷は、東京帝国大学を休学し、大正十一年（一九二二）から一年余りドイツに留学した秀才である。

池谷の『橋』は、女の心のとらえ難さを、一本の橋という隔絶によって物語ったものということができる。ある意味で、この橋は女というものの難解さを象徴しているといってもよいものだ。

ここで、橋をめぐる男と女の出会いを、幻想的に、女の側から書いた詩を読んでみよう。山本かずこの「はりまや橋」である。

落日を背にして歩いていると
はりまや橋が赤く燃えているときがありました
燃える橋を渡っていると
向こうからやってきた
枯木のようにかれた男が
あっというまにメラメラと
燃えあがるときがありました
気がつくと
私も燃えていて
いつもはかなしいあの姿勢も
そのときばかりは
生きて極楽を

何度も何度もかいまみたりすることがありました
陽がすっかり沈むと
私も男も
なにごともなかったように立ちあがって
はりまや橋を北と南に
それぞれ別れていったのですが
個の重みから遠くはなれた
その日の軽さとはいったいなにだったのでしょう
徐々の重みに抗しきれずに
ふっと舞いあがった
その場所が
なぜはりまや橋なのかも
わからないのですが

山本かずこ「はりまや橋」(『渡月橋まで』)

作者の山本かずこについては、現在活躍中の詩人であるが、経歴については知るところがない。注目したのは、橋の名前が登場する詩をたくさん書いていることで、詩集『渡月橋まで』には、「渡月橋にて」、「しんめい橋」、「椎名町陸橋」などが収められている。なかでもこの「はりまや橋」は、一読、私の頭を離れなくなった。

「はりまや橋」は、真昼の橋上幻想といったものかもしれないが、作者の心に一瞬起こった「事件」には、リアリティーがある。そして、これはどうしても土佐の高知の播磨屋橋でなければならない。ほかの橋では、男と女が赤く燃え上がったりはしないからだ。

播磨屋橋は、高知市の鏡川に沿って伸びる堀川に架かっていたと思われるが、堀川の西寄りの部分は埋め立てられ、いまは堀も橋も存在しない。

播磨屋橋はいまは、もっぱら繁華街の名称として用いられており、通りに赤い欄干を立てて名前の由来を示しているが、その位置が播磨屋橋だったわけでもないのである。作者の山本かずこは、もちろんそういうことを知っていたであろう。

橋の名前だけで湧いてくるイメージにとって、橋は名前さえあれば十分であった。枯木のような男と「私」は橋の上で燃えあがり、なにごともなかったかのように橋の北と南に別れてゆく。播磨屋橋は、詩人には前後の事情などなしにそういう橋であった。

旅ゆけば橋――歌川広重 田上菊舎 十返舎一九 川端龍子

旅人は橋を渡る。しかし、紀行文などに、橋を渡ったときの気持ちを書き記している例は案外に少ないようだ。それは橋など気にとめていないからではなく、橋を渡るときの微妙な感想が、なかなかさりげなく表現しにくいものだからであろう。

はりまや橋のように、消えてしまったものもふくめて、日本には有名な橋はたくさんある。本書で詳しくふれなかったものをあげると、現存の橋に、北海道の豊平橋、盛岡市の上の橋、日光（栃木県）の神橋、新潟市の萬代橋、信州上高地の河童橋、福井市の九十九橋、伊勢神宮（三重県）の宇治橋、日吉大社（滋賀県）の大宮橋をはじめとする石橋三橋、宇治市（京都府）の宇治橋、祖谷（徳島県）のかずら橋、厳島（広島県）の反橋、岩国市の錦帯橋、大分県の耶馬渓橋、宇佐神宮（大分県）の呉橋、その他、九州各地の石橋等々。

いずれも名所の橋として名高く、橋そのものについて解説した資料にはこと欠かないはずだが、私は残念ながらこれらの橋を渡り、その心持ちを書き綴った文学作品と呼べるほどのものには出会えなかった。もちろん、そういうものがないということではなく、たまたま私が見つけられなかったということである。

歌川広重の名所絵シリーズに、「六十余州名所図会」(一八五二〜五六頃)という、日本全国の名所六十九か所を一枚ずつ描いたものがある。もう何十年も昔のことになるが、私はある仕事で、その六十九か所をすべて取材してまわったことがあった。

そのときに、しばしば驚かされたのは、取材時の現地の実景が、広重の描いた絵と予想以上に似ていたことである。山梨県大月市の猿橋もその一つであった。実際に訪ねてみた猿橋は、広重の「甲斐 さるはし」という絵に描かれたそのまま、といってもいいものだったのである。

猿橋の工法は刎橋《はねばし》といい、いまもこの工法で保存されてきているのだが、簡単にいえば、両岸の岩盤に角材を斜めに幾重にも差し込み、その上に橋桁を乗せるというものである。斜めに差し込まれた角材には、雨水を除けるためか、それぞれ屋根のようなものがつけられていた。その様子は、下方から見上げるとよりわかりやすい。そのため猿橋の写真は、下方から見上げるアングルで撮られるのがふつうで、広重の絵もまさにそういう角度から描かれている。

一般に、広重は名所絵を、当時刊行されていた名所案内の絵(現場でスケッチされた絵も多かった)などを参考に描いていたのだろうといわれている。代表作の一つ、「東海道五十三次」のシリーズをめぐっても、広重自身、幕府から禁中へ遣わされた使者の一行に加わって京都まで出かけたという説と、これを否定する説があり、近年は京都には行かなかったという説が優勢のようだ。だが、広重が特に旅嫌いの人だったという事実は伝わっていない。むしろ、案外に腰の軽かった人のようで、私も彼の房州や江の島などへの紀行は読んだことがあった。

今度、猿橋関係の資料を漁っていて、広重が実は甲府まで旅をしており、猿橋も実見していたことを、初めて知った。

天保十二年（一八四一）の四月、広重は甲府へ道祖神祭礼幕絵というものを描く仕事で出張し、その折の旅日記を残している。甲府で五両という手付金を受け取っているから、相当実入りのいい仕事である。仕事とはいえ、旅が楽しみであることは、いつの時代も変わらないだろう。広重はいたって上戸《じょうご》だったらしく、しきりに酒を飲みながらの旅であった。また、彼は狂歌を趣味にしていたから、ところどころで快作を放つ。猿橋宿の二つほど手前の野田尻宿での作。

へのやうな茶をくんで出す旅籠屋はさてもきたない野田尻の宿

野田尻の「尻」から「へ（屁）」が出る、という仕掛けである。広重は猿橋付近の風景を次のように書き残した。

猿はしまで行道二十六町の間、甲斐の山々遠近連り、山高くして谷深く、桂川の流れ清麗なり。十歩二十歩行間にかはる絶景、言語にたえたり。拙筆に写しがたし。猿橋より駒ばしまで十六町、谷川を右になし、高山遠近につらなり、近村の人家まばらに見えて、風景たぐひなし。さる橋に向ふ茶屋にて昼飡。やまめの焼びたし、菜びたしなり。

「『天保十二丑とし卯月、日々の記』翻刻と註釈」(山梨県立博物館)

桂川は猿橋の下を、深い渓谷をなして流れる川だ。こうした広重の紀行を読んでから見ると、広重の猿橋は実際の橋の忠実な写実であるというだけでなく、周りの風景とも人間とも溶け合っていて、あたかも自然のなかから生まれ出たように感じられる。橋の絵に限らず、これが広重の画風の特色であった。

「諸国名橋奇覧」のシリーズを残した葛飾北斎も、橋を描いた数では広重に劣らないが、北斎は、人も橋も独立した要素として再構成し、強固な画面をつくり出す画風で、その意味では西洋的であり、広重のそれとは大きく異なっている。

江戸時代、人々の多くは歩いて旅をしていた。車で一瞬にして通り過ぎてしまうようなことはなかったのだから、橋を渡る心持は現代とは大きく違っていたわけである。猿橋は五街道の一つ、甲州街道が通っている橋だが、東海道などはどうであったろうか。徳川幕府は、軍事的な理由から東海道の大河には橋を架けなかったといわれているが、それでも、『東海道名所記』などによると、東海道にも大小かなりの橋があった。

私は以前、「六十余州名所図会」の取材と同じような仕事で、東海道の宿場跡を、日本橋から京都の三条大橋まですべて歩いたことがある。当時は特別に橋を意識していなかったが、印象に残った橋に、花水橋、矢矧《やはぎ》橋、瀬田の唐橋があった。

花水橋は、神奈川県の平塚と大磯の間を流れる花水川に架かる橋、矢矧橋は、愛知県岡崎市の西で矢作川に架かる橋、瀬田の唐橋は、滋賀県の琵琶湖から流れ出る瀬田川に架かる橋である。いずれも古来名橋として知られたものだが、私はこのうち、花水橋がもっとも印象深かった。もっとも、花水橋がどういう橋であったかの記憶はだいぶ怪しくなっていて、橋を渡ったときの、心地好さだけが体感のままどこかに残っているだけである。そのころは木橋だったと思うのだが、いまはなんのへんてつもないコンクリート橋に架け替えられてしまっていることは、写真で確認した。

和らぐや花水通ふ橋の風　菊舎

江戸時代の女流俳人で、二十四歳で寡婦となり、俳諧に志して以後、生涯のほとんどを旅に暮らした田上菊舎（一七五三〜一八二六）という人がいる。

菊舎は、いまの下関市の人で、そこから、東海道を複数回往復し、芭蕉の『奥の細道』の旅程を逆にたどる旅などもした。『手折菊』という彼女の著書には、東海道の全宿場について発句と漢詩と絵を組み合わせた俳画が収められている。「和らぐや花水通ふ橋の風」は、その東海道連作の平塚宿での句だ。

花水橋を渡ったときの心地よさには、たしかに「和らぐや」ということばに通じるものがあった。おだやかな田園風景のなかに、なぜこんな風雅な橋が、と思ったのを覚えている。人に人格があるように、橋にも格というものがある。

菊舎の東海道の発句のなかには他に、日本橋と矢矧橋の句がある。矢矧橋の句は、菊舎の句のなかで私の好きなもののひとつだ。

跡さきは朧に橋のまだ長し　菊舎

どちらの橋のたもとも「おぼろ」のなかにあって、まだ長い橋を渡っているということであるが、同時に、長い橋を渡りながら、人生の来し方行く末のことを思い、「おぼろ」と感じている句である。

菊舎については、拙著『江戸俳画紀行』(中公新書)にやや詳しく書いたが、旅の行く先々で師を求め、俳諧のほかに、茶の湯、弾琴、和歌、漢詩、華音《かいん》などをマスターした驚くべき女性であった。多忙な旅の途中、長い橋にさしかかって、ふと自身の歩んできた道を振り返っているのである。

実際、矢矧橋は長かった。『東海道名所記』に「矢矯橋、長さ二百八間あり」とある通りならば、三百七十メートル以上もあったことになる。私の渡った矢矧橋は、江戸時代の橋と違うのはもちろん、架けられている位置も違うのだが、やはり長い橋だと思った。西の橋詰で見た、八丁味噌の醸造元の、瓦屋根から板壁まで全体に黒い建物がいまも目に残っている。

十返舎一九の『東海道中膝栗毛』には、弥次郎兵と北八が岡崎の宿を出て、「宿はづれの松葉川を打こへ、矢矧のはしにいたる」とあり、そのあとに次のような、なかなかできのよい狂歌が掲げられている。

欄干《らんかん》は弓《ゆみ》のごとくに反橋《そりはし》やこれも矢はぎの川にわたせば

十返舎一九『東海道中膝栗毛』上

笑いと滑稽のタネになるもの以外は要らない戯作でも、さすがに東海一の長橋といわれた矢矧橋には、ふれざるを得なかったというところだろう。葛飾北斎も「諸国名橋奇覧」シリーズの一枚に「東海道岡崎矢はぎのはし」を描いているが、やはり弓なりの反橋である。おびただしい数の旅人が橋を渡っている絵だ。

東海道を西に進んで、次いで有名なのが瀬田の唐橋である。弥次北は四日市から伊勢路に入ってしまって、瀬田唐橋のある大津を通らなかった。菊舎は大津では、大津絵の句をつくっていて、瀬田唐橋の句はつくっていない。

大津の瀬田唐橋に近いあたりは、松尾芭蕉にゆかりの深いところとして知られている。芭蕉は瀬田唐橋の西側に幻住庵という庵を結んで滞在したことがあったが、芭蕉の死後、弟子の内藤丈草（一六六二〜一七〇四）が、幻住庵に三年間もこもって喪に服した。その後も、丈草は湖南の地に住んだ人である。

幻住庵跡は、いま訪ねても、林のなかに復元された庵などが見られ、ここで芭蕉がつくった「先たのむ椎の木も有夏木立」の句もそぞろに思い出されて、趣のあるところである。

大津駅に近い膳所の義仲寺に、芭蕉の墓があることは周知の通りだ。芭蕉と丈草の瀬田唐橋の句を並べておこう。

五月雨《さみだれ》にかくれぬものや瀬田の橋　　芭蕉
幾人かしくれかけぬく勢田の橋　　丈草

芭蕉の旅、ことに『奥の細道』のそれをなぞって旅行をした俳人は数しれない。俳人だけでなく、近代の日本画家にも、川端龍子（一八八五〜一九六六）、小野竹喬（一八八九〜一九七九）といった、『奥の細道』を描くために芭蕉の足跡を歩いた人々がいた。ただ、『奥の細道』に橋の話はひとつも出てこないのだから、そうした俳人による紀行を読んでも画家の描いた絵を見ても、橋とは無縁である。

ところが、私の知る限り一人だけ、『奥の細道』に取材して橋を描いた画家がいた。川端龍子である。

龍子は、昭和二十六年（一九五一）、六十七歳のときから昭和二十九年まで、毎年一回ずつ四回にわたり、芭蕉が旅したのと「同じ季節、同じ行程を辿り、その間の触目した自然の美、風土的な所産、歴史的な遺物、人事関係などを対象に、心たのしい写生を試み、それを素材にして」(『川端龍子と青龍社』中に引用されている龍子自身のことば)作品を制作するために、『奥の細道』の旅を行った。

龍子は、『奥の細道』のなかに文章で書かれていないものでも、実際の旅で出合って感興を催せば、それを絵にすることもあった。そのひとつが、石川県の山中温泉で描いた作品「こおろぎ橋」(一九五四)である。芭蕉は山中温泉に立ち寄ったが、こおろぎ橋にはふれなかった。もちろん、芭蕉が来たころには、この橋がまだできていなかったとも考えられるが、龍子はそういうことにもあまりこだわらなかったようである。

「こおろぎ橋」は、川岸に立って橋を下から見上げる位置から描かれている。楓の葉をすかして、橋の裏側を斜めの垂木が支えている方杖橋の木組みがよく見え、橋の上から温泉客らしい浴衣の二人が覗き込んでいるのは、大きな岩石がごろごろする大聖寺川の鶴仙渓だ。渓谷の川岸には、釣り人が一人。龍子らしい力強い造形でとらえた、快作である。

こおろぎ橋は、その後、テレビ・ドラマの舞台となって話題を呼んだようだ。一九七八年から七九年にかけて放映された「こおろぎ橋」(TBS)である。私はドラマを見ていないので、脚本家の佐々木守(一九三六〜二〇〇六)が、脚本を小説化した『こおろぎ橋』を読んでみた。

山中温泉の旅館に生まれ、戦後に成人期を迎えた女性の半生を描いた、人間関係の愛憎あり恋ありという、女の一生風のドラマである。淵上というところにある小学校の先生になることを決意しているヒロインの佐知子は、あるとき、周囲が勧める見合いの席に出たものの、嫌になり、相手を置き去りにして逃げ出してしまう。そのあと、佐知子と祖母のぬいとの間で次のような会話が交わされた。

「こおろぎ橋を渡って、淵上へ行くか。おまえ、なんであの橋のことをこおろぎ橋ちうか知ってるか」

「ううん」

佐知子はあどけなく首を振ったが、にわかに興味を覚えて、

「なんぞ、わけでもあるの?」

「あるとも」

ぬいは大きく頷いた。

「こおろぎ橋ちうのは、行路危険、この先はあぶないちう意味や。だからこそ、昔からあの橋から先は鬼が棲むというたもんや」

「いややわ、おばあちゃんたら」

佐知子は無邪気な声をあげて、ぬいに笑いかけた。

「いまどき、そんなこというたら笑われるがや」

佐々木守『こおろぎ橋』

橋を渡った向こうには鬼が棲む、というような伝説は、日本各地にありそうに思えるが、実際には案外少ないのではないかと思う。

この伝説の背後には、橋をはさんで住む集団の一方が一方を差別する意識があるように感じられるのだが、考え過ぎだろうか。有名な住井すゑ（一九〇二〜九七）の長編小説『橋のない川』（一九六一〜九二）は、被差別部落の問題を扱った小説である。タイトルも、交流を断つために川に橋を架けないという意味での、「橋のない川」なのであろう。

あとがき

私の橋好きは、子どものころからだったと思う。特に、文学作品に描かれた橋に注目するようになったのは、一九六〇年代に一冊の小説を読んだのがきっかけであった。旧ユーゴスラヴィアの作家イヴォ・アンドリッチ（一八七二〜一九七五）が書いた『ドリナの橋』（松谷健二訳）という、橋をめぐる年代記である。

橋は、ドリナ川に架かるメフメド・パシャ・ソコロヴィッチという名前の実在の石橋。三百年を超える年代記だが、もちろん史実だけを述べたものではなく、フィクションを交えた物語である。

橋の中央には、かなりの広いスペースをもつカピヤと呼ばれる休み場が設けられていて、旅人や周辺住民のたまり場になっている。付近で起こったささいな事件から、近隣諸国のどこかで軍隊が動いたというような国際情勢までが、いち早くカピヤにもたらされた。この地に住むトルコからの移民たちが、現在暮らしている地域と、出身国のトルコとの間で戦争が起こるのではないかと、非常に恐れるさまが印象的である。戦争になれば、移民たちはユーゴ側の兵士たちによって殺されてしまうからだ。

橋ではそのほかに、カビヤでのポーカーで全財産を失った男がヤケになり、六十センチメートルの幅しかない欄干の上を橋の端から端まで歩いたり、どうしても結婚したくない花嫁が、婚礼の行列が橋にさしかかると、いきなり飛び出して橋から川に身を投げてしまうなど、いろいろなことが起こる。だが、そういう人々の生きざまなど知らぬげに、橋は変わることなくどっしりと存在し、その下を川がとうとうと流れ続ける。読んでいる間はさほどにも思わなかったのだが、読後の手応えには、ずしりと重いものがあった。

この『ドリナの橋』を読んだころから、私は客観的に存在するモノとしての橋ではなく、人の心に映り、それぞれの人の心のなかで生き、意味をもつ橋があるのだということを理解するようになった。詩や小説で扱われる橋は、皆そういう橋であり、絵画に描かれる橋も、実物そのままに見えて、画家の心をくぐったものである。

だからといって、私は橋が出てくる文学作品を特に読み漁ってきたわけではない。橋などは意識しないで読書をしているのだが、橋にふれている作品は思いのほか多いのである。絵画にしてもそうだ。たとえば、レオナルド・ダ・ヴィンチの「モナ・リザ」の背景に、石のアーチ橋が小さく描かれていることに気づく人は、そう多くないのではないか。絵の右側、モナ・リザの左肩のすぐ上のところだ。橋を探しているわけではないのだが、そんなふうに、橋は自ら姿を現すのである。

そういう橋との出合いを、おおまかな章だてのもとに、それからそれへと連想のままに書いてみたのが本書である。形があって形のない橋を心のなかにもっている人々と、橋の世界の魅惑を共有できればこの上ない喜びである。

本書の刊行は、平凡社新書編集部の和田康成氏のご尽力によって実現した。橋についての雑然とした感想を、すっきりと新書のスタイルにまとめあげられたのは、和田氏のご指導によるものである。記して感謝の意を表するしだいである。

二〇一九年八月　橋日和

磯辺勝

出典一覧

一、幣舞橋を見た人々

湯川秀樹「北海道の夏」(『湯川秀樹著作集』7　岩波書店　一九八九年)
坂本二哉『海霧の町から』愛育社　二〇〇六年
石川啄木「日記」(『日本現代文学全集』39　講談社　一九六四年)「幣舞橋」(『石川啄木全集』第二巻
　筑摩書房　一九八七年)
林芙美子「摩周湖紀行」(『現代日本紀行文学全集』北日本編　ほるぷ出版　一九七六年)
桑原武夫「北海道紀行」(『現代日本紀行文学全集』北日本編　ほるぷ出版　一九七六年)
徳冨蘆花『みゝずのたはこと』(『明治文学全集』42　筑摩書房　一九六六年)
磯辺勝「北海道紀行」①、⑩(『詩芸術』芸術生活社　一九八一年～八二年)
小宮山量平「わが幣舞橋悲歌」(日本の名随筆99『哀』作品社　一九九六年)
原田康子『挽歌』新潮文庫　一九九八年『北国抄』角川文庫　一九七九年
更科源蔵『北海道の旅』新潮文庫　一九七九年

二、隅田川の幻景

ゴンクール『ゴンクールの日記』下(斎藤一郎編訳)岩波文庫　二〇一〇年

松尾芭蕉『芭蕉俳句集』岩波文庫　一九八四年
小林一茶『七番日記』下　岩波文庫　二〇〇三年　『新訂　一茶俳句集』岩波文庫　一九九〇年
関根弘「吾妻橋」（詩集『泪橋』思潮社　一九八〇年）
永井荷風「吾妻橋」（『荷風小説』七　岩波書店　一九八六年）
川端康成『浅草紅団』（『川端康成全集』第二巻　新潮社　一九七三年）『古都』新潮文庫　一九八八年
洲之内徹「松本竣介の風景」（『気まぐれ美術館』新潮文庫　一九九六年）「丁玲の家」（『洲之内徹文学集成』月曜社　二〇〇八年）
アルチュール・ランボー「橋」（清岡卓行訳）『新篇　ランボー詩集』河出書房新社　一九九二年
ポール・フォール「両替橋」（上田敏訳『日本の詩歌』28　訳詩集　中央公論社　一九七九年）
平岩弓枝『御宿かわせみ』上　文藝春秋　一九九四年　「橋づくし」（『閻魔まいり・御宿かわせみ』文藝春秋　一九九五年）
藤沢周平「小ぬか雨」（『橋ものがたり』愛蔵版　実業之日本社　二〇一七年）『夜の橋』中央公論新社　二〇〇六年
池波正太郎『待ち伏せ』（「剣客商売」九　新潮文庫　二〇一六年）

三、京都、大阪「花街」の橋

井原西鶴（吉江久彌著『西鶴全句集』笠間書院　二〇〇八年）
与謝蕪村（富安風生編『俳句歳時記』冬の部　平凡社　一九七八年　藤田真一・清登典子編『蕪村全句集』おうふう　二〇〇〇年）

岡本かの子「橋」(『岡本かの子全集』第十二巻　冬樹社　一九七六年)
宇野浩二「橋の上」(『宇野浩二全集』第三巻　中央公論社　一九七二年)
富岡多恵子「道頓堀」(『大阪センチメンタルジャーニー』集英社　一九九七年)『現代詩文庫 15 富岡多恵子詩集』思潮社　一九八七年
林芙美子「大阪紀行」(『日本随筆紀行』第一七巻　作品社　一九八七年)
暁晴翁『雲錦随筆』(『日本随筆大成』③　吉川弘文館　一九七五年)
安西冬衛「大阪の朝」(『安西冬衛全集』四　寶文館出版　一九八三年)
小出楢重『小出楢重随筆集』岩波文庫　一九九四年
近松門左衛門「名残の橋尽し」(『完訳 日本の古典』第五十六巻　小学館　一九八四年)
清少納言『枕草子』(『日本古典文学大系』19　岩波書店　一九五八年)
須賀敦子『地図のない道』新潮文庫　二〇〇二年
三島由紀夫『橋づくし』(『三島由紀夫全集』10　新潮社　一九七三年)「「橋づくし」について」(『三島由紀夫全集』30　新潮社　一九七五年)
岡本太郎『沖縄文化論　忘れられた日本』中央公論社　一九九六年
織田作之助『女の橋』『船場の娘』『大阪の女』(『織田作之助全集』5　講談社　一九七〇年)
川端康成『反橋』(『川端康成全集』第七巻　新潮社　一九七七年)
小野十三郎「葦原拾遺」『大阪』(『現代日本名詩集大成』6　創元新社　一九六五年)『松の葉』(藤田徳太郎校註) 岩波文庫　一九八四年
炭太祇(富安風生編『俳句歳時記』冬の部　平凡社　一九七八年)

小泉八雲『日本瞥見記』(『明治文学全集』48 筑摩書房 一九七〇年)
水上勉『しらかわ巽橋』集英社文庫 一九八三年
吉井勇(久保田正文編『現代名歌選』新潮文庫 一九七六年)
村山槐多「京都人の夜景色」(『ふるさと文学館』第三〇巻 ぎょうせい 一九九三年)

四、石橋の静かな思想

岡本かの子「橋」(前出)
ヘンリー・ジェイムズ『郷愁のイタリア』(千葉雄一郎訳) 図書出版社 一九九五年
須賀敦子『地図のない道』(前出)
マルコ・ポーロ『完訳 東方見聞録2』(愛宕松男訳注) 平凡社ライブラリー 二〇〇〇年
谷崎潤一郎「蘇州紀行」(『谷崎潤一郎全集』第六巻 中央公論社 一九八一年)「支那趣味と云ふこと」「いたましき人」(『谷崎潤一郎全集』第二十二巻 中央公論社 一九八九年)
芥川龍之介「江南游記」(『芥川龍之介全集』第八巻 岩波書店 二〇〇七年)「長江游記」(『芥川龍之介全集』第十一巻 岩波書店 二〇〇七年)「小穴隆一宛書簡」(『芥川龍之介全集』第十九巻 岩波書店 二〇〇八年)
竹内栖鳳「支那の塔」(田中日佐夫『竹内栖鳳』岩波書店 一九八八年)
奥野信太郎『中庭の食事』論創社 一九八二年
青木正児『江南春』東洋文庫 平凡社 一九七二年
森敦「母の町・雨の長崎」(『わが風土記』福武書店 一九八二年)

橋南谿「西遊記」(『東西遊記』2　東洋文庫　平凡社　一九七四年)
川路聖謨『長崎日記・下田日記』東洋文庫　平凡社　一九七九年
黒田三郎「鹿児島のこと」(『黒田三郎著作集』3　思潮社　一九八九年)
イサベラ・バード『日本奥地紀行』(高梨健吉訳)東洋文庫　平凡社　一九七三年
山口祐造『石橋は生きている』葦書房　一九九二年

五、橋の上にある戦争

小泉八雲「橋の上」(『明治日本の面影』講談社学術文庫　一九九〇年)
アンブローズ・ビアス「アウル・クリーク鉄橋での出来事」(大津栄一郎訳『ビアス短篇集』岩波文庫　二〇〇〇年)
芥川龍之介「点心」(『芥川龍之介全集』第七巻　岩波書店　二〇〇七年)
筒井康隆「この一作で文学史に残る」(「朝日新聞」二〇一〇年四月四日)
アーネスト・ヘミングウェイ「橋のたもとの老人」(高見浩訳『ヘミングウェイ全短編』I　新潮社　一九九六年)
釈迢空(久保田正文編『現代名歌選』新潮文庫　一九七六年)
石田波郷『現代俳句の世界』7　朝日文庫　一九八四年
三浦哲郎「木場の橋」(『三浦哲郎自選全集』第十三巻　新潮社　一九八八年)
林芙美子『夜の橋』(『林芙美子全集』第十巻　新潮社　一九五二年)
辻征夫「吾妻橋」(『現代詩文庫』155　思潮社　二〇〇〇年)

野間宏『暗い絵』『崩解感覚』（『豪華版 日本現代文学全集』37 講談社 一九六九年）
堀田善衞『橋上幻像』新潮社 一九七四年
鮎川信夫「橋上の人」（『現代日本名詩集大成』10 創元新社 一九六六年）

六、人生は橋を渡る

松本たかし『現代俳句の世界』3 朝日文庫 一九八五年
三浦哲郎『土橋』（『母の肖像』構想社 一九八三年）
カフカ「判決」（池内紀編訳『カフカ短篇集』岩波文庫 一九八七年）
富永太郎「橋の上の自画像」（『現代日本名詩集大成』8 創元新社 一九六六年）
中原中也「ゆきてかへらぬ――京都――」（『現代日本名詩集大成』7 創元新社 一九六六年）
金子兜太『現代俳句の世界』14 朝日文庫 一九八四年
内田百閒『定本 内田百閒句集』永田書房 一九七四年 『面影橋』（『忙中謝客』ちくま文庫 二〇〇四年）
芥川龍之介「内田百間氏」（『芥川龍之介全集』第九巻 岩波書店 一九七八年）
野坂昭如『明日へはしる都市の貌』作品社 一九八六年
松本清張『清張日記』（『松本清張全集』65 文藝春秋 一九九六年）
村松友視『泪橋』（『時代屋の女房』角川書店 一九八二年）
グレアム・グリーン『橋の向う側』（青木雄造・瀬尾裕訳『グレアム・グリーン全集』13 早川書房 一九八四年）
池谷信三郎『橋』（『日本の文学』79 中央公論社 一九七〇年）

山本かずこ「はりまや橋」(『渡月橋まで』ミッドナイト・プレス　一九九四年)
「『天保十二丑とし卯月、日々の記』翻刻と註釈」(山梨県立博物館　調査・研究報告3『歌川広重の甲州日記と甲府道祖神祭』　二〇〇八年)
浅井了意『東海道名所記』二　東洋文庫　平凡社　一九七九年
田上菊舎(上野さち子編著『田上菊舎全集』下　和泉書院　二〇〇〇年)
十返舎一九『東海道中膝栗毛』上　岩波文庫　一九八〇年
松尾芭蕉『芭蕉俳句集』岩波文庫　一九八四年
内藤丈草(富安風生編『俳句歳時記』冬の部　平凡社　一九七八年)
川端龍子(飯島勇編『川端龍子と青龍社』至文堂　一九七六年)
佐々木守『こおろぎ橋』三笠書房　一九七八年

【著者】
磯辺 勝（いそべ まさる）
1944年福島県生まれ。法政大学卒業。文学座、劇団雲に研究生として所属。その後、美術雑誌『求美』、読売新聞出版局などの編集者を経て、エッセイスト、俳人に。俳号・磯辺まさる。99年第4回藍生賞受賞。俳誌『ににん』創刊に参加する。著書に『描かれた食卓——名画を食べるように読む』（生活人新書）、『江戸俳画紀行——蕪村の花見、一茶の正月』（中公新書）、『巨人たちの俳句——源内から荷風まで』『昭和なつかし 食の人物誌』（ともに平凡社新書）がある。

平凡社新書922

文学に描かれた「橋」
詩歌・小説・絵画を読む

発行日——2019年9月13日　初版第1刷

著者——磯辺 勝
発行者——下中美都
発行所——株式会社平凡社
東京都千代田区神田神保町3-29　〒101-0051
電話　東京（03）3230-6580［編集］
　　　東京（03）3230-6573［営業］
振替　00180-0-29639
印刷・製本—株式会社東京印書館
装幀——菊地信義

ISBN978-4-582-85922-5
NDC 分類番号910　新書判（17.2cm）　総ページ240
平凡社ホームページ　https://www.heibonsha.co.jp/